EIN GESCHENK ZUM VALENTINSTAG

KYLIE GILMORE

Übersetzt von
ANNA DRAGO

Übersetzt von
KATRIN DOLLE

Cover Design The Killion Group

Veröffentlicht von: Extra Fancy Books

Übersetzt von: Anna Drago und Katrin Dolle

ISBN-13: 978-1-947379-59-6

1

———

Allie Marino ertappte sich dabei, wie ihr bei dem fröhlichen Chaos ihres sonntäglichen Familienabendessens die Tränen kamen. Ihre erwachsenen Kinder — drei Söhne und drei Stiefsöhne — schätzten diese gemeinsame Zeit, die sie wöchentlich miteinander verbrachten, genauso sehr wie sie und ihr Ehemann Vinny. Ihre Söhne verpassten selten ein Abendessen, und jetzt waren sie auch noch mit sechs Schwiegertöchtern gesegnet, zwei sieben Monate alten Enkelinnen und einem dreijährigen Enkel.

Sie tauschte einen Blick mit Vinny aus, der neben ihr saß. Seine dunklen Augen wurden warm, als sie zu ihr blickten. Er war so glücklich wie sie, diese besondere Zeit gemeinsam zu erleben. Sie waren in dem großen viktorianischen Haus in Clover Park, in dem ihre Familie ihren Anfang genommen hatte, nur dass das Haus jetzt Gabe, ihrem ältesten Sohn, gehörte. Ihre Marino Stiefsöhne waren dunkelhaarige Italiener mit getönter Haut wie ihr Dad — Vince, Nico und Angel — und standen ihren Söhnen, die helle Haare und helle Haut hatten — Gabe, Luke und Jared — so nahe, als wären sie ihre leiblichen Brüder. Der Weg dorthin war nicht leicht gewesen, doch es war ihnen gelungen.

Ihr jüngster Stiefsohn, Angel, mit seinem dunkelbraunen zerzausten Haar und dem Lächeln mit seinen Grübchen, sah erst zu ihr und dann zu Vinny hinüber. „Julia und ich wollen mit euch reden."

Allie nahm in gespannter Erwartung unter dem Tisch Vinnys Hand. Angel und Julia waren frisch verheiratet und waren ganz offen damit umgegangen, dass sie eine Familie gründen wollten. „Ist Julia schwanger?" Ihre Stimme erklang so laut, dass es am ganzen Tisch still wurde. Selbst ihre Enkelinnen hörten auf zu brabbeln.

„Nein", sagte Angel.

„Tut mir leid", sagte Julia und schob sich ihre langen braunen Haare hinters Ohr. „Wir wollten euch keine falschen Hoffnungen machen. Aber wir hoffen, dass es bald …"

Allie bemühte sich, ihre Enttäuschung zu verbergen. „Ist alles in Ordnung?"

„Ja", sagte Julia lächelnd. „Wir wollten euch mit einem Erinnerungsfotoalbum darüber überraschen, wie es zu eurer Hochzeit gekommen ist, weil ihr uns allen bei unseren Hochzeiten so sehr geholfen habt. Ich schätze, jetzt ist die Katze aus dem Sack. Wir haben es nicht hinbekommen, weil keiner Fotos hat."

„Und nur ihr beide habt die Erinnerungen", ergänzte Angel.

Allie verkrampfte sich. Sie war nicht gewillt, mit ihren Kindern über ihre Beziehung zu sprechen. Es hatte keinen Sinn, in der Vergangenheit zu graben.

„Habt ihr beide noch Fotos aus der Zeit, als ihr gedatet habt?", fragte Julia.

Allie drehte sich zu Vinny um und hoffte, er würde dieser Befragung ein Ende setzen, doch er zuckte kaum mit einer breiten Schulter. Sie wollte nicht so klingen, als hätte sie etwas zu verbergen, doch sie konnte auch nicht einfach lügen. Wie sich das zwischen ihr und Vinny entwickelt hatte, konnte, wenn man es im falschen Kontext sah, als skandalös gesehen werden. In dieses Wespennest sollte man lieber nicht stechen.

Sie wandte sich wieder an Angel und Julia. „Ich glaube nicht."

„Damals hatte eben nicht jeder eine Kamera in der Hosentasche wie heutzutage", sagte Vinny.

Allie sah am Tisch zu Gabe, der auf seinen Teller starrte und nichts aß. Gabe wusste es. Er war derjenige, der die Briefe in ihrem alten Atelier gefunden hatte. Er hatte, soweit sie wusste, einen davon gelesen und Vinny deswegen zur Rede gestellt. Vinny war daraufhin in die Defensive gegangen, was Gabe offensichtlich alles gesagt hatte, was er wissen musste.

„Irgendwelche besonderen Erinnerungen an damals?", fragte Julia.

„Da gibt es nicht viel zu erzählen", sagte Vinny, und es klang endgültig. „Wir haben uns kennengelernt, gedatet, geheiratet, so wie die meisten Paare. Ende der Geschichte."

Ja. Manche Dinge waren privat.

~

Als damals alles begann ...

Allie Reynolds beeilte sich, die Tür zu öffnen. Das Bauunternehmen für ihr neues Atelier musste wohl da sein. Sie konnte kaum glauben, dass es wirklich passierte. Ihr Mann, William, hatte ihre Kunst immer für ein frivoles Hobby gehalten. Das Atelier war ein Kompromiss, da sie es zu einem ganzen Studioapartment ausgebaut hatten, mit Pantryküche und Bad. Sie hatte kein Problem mit den zusätzlichen Annehmlichkeiten, selbst wenn der Grund dafür war, wie er sagte, dass „sie so wenigstens Miete bekämen, sobald sie sich mit etwas Wichtigerem beschäftigte." Zwischen ihr und ihrem Ehemann, einem zugeknöpften, arbeitswütigen Anwalt, gab es keine Liebe. Sie hatten überstürzt geheiratet, als sie mit ihrem ältesten Sohn schwanger gewesen war, und seitdem hatte sie für ihre impulsive Entscheidung bezahlt. Nicht, dass William aufgefallen wäre, dass sie unglücklich war, oder sie überhaupt irgendwie bemerkte. Wenn ihre drei Jungs nicht wären, das Licht ihres Lebens, hätte sie ihn schon längst verlassen. Doch die Jungs waren jetzt alle in der Schule und zum ersten Mal seit Jahren hatte sie den Morgen für sich, und das hieß Zeit für ihre Kunst.

Als sie die Tür öffnete, standen zwei Männer in blauen T-Shirts, auf denen Marino and Sons Constructions stand, und in abgenutzten Jeans und Stiefeln vor ihr. Der ältere Mann, über dreißig und definitiv Italiener, machte einen starken und selbstbewussten Eindruck durch seine Größe — über eins achtzig und muskulös —, bis hin zu seinem ernsten Gesichtsausdruck. Sie schätzte, dass er das Sagen hatte. Der jüngere Mann war Anfang zwanzig, dünn und drahtig und stand etwas hinter seinem Boss.

Der große Mann sprach mit tiefer, melodiöser Stimme, der sie sich einfach entgegenneigen musste. „Ich bin Vinny Marino. Wir sollen an Ihrer Garage arbeiten." Sie sahen einander in die Augen, und ihr stockte der Atem, als sie sah, wie unglaublich traurig seine dunkelbraunen und von dicken Wimpern gerahmten Augen wirkten. Es war, als blicke sie in einen Spiegel — alle Freude war aus ihm entwichen wie aus ihr. Andererseits war er mit seinem dichten, dunkelbraunen Haar, den gemeißelten Wangenknochen, dem starken Kinn und den vollen, sinnlichen Lippen auffallend gutaussehend. Hätte er gelächelt, wäre er vermutlich atemberaubend, doch er lächelte nicht.

Vinny sprach weiter: „Es geht um die freistehende Garage dort, richtig?" Er deutete hinüber.

Sie lenkte ihre Aufmerksamkeit zurück auf ihn. „Ja. Ich hole den Schlüssel. Tut mir leid." Sie wandte sich um, um ihn zu holen, dann blieb sie stehen. „Ich bin Allison."

Vinny nickte. „Schön, Sie kennenzulernen, Allison. Das ist Tony."

Tony hob grüßend eine Hand.

Sie nahm sich den Schlüssel vom Haken in der Küche und ging zu ihnen nach draußen. Gemeinsam gingen sie zur Garage. Vinny hielt mit ihr mit, Tony schlenderte hinterher. Sie war zierliche eins sechzig, doch neben Vinny kam sie sich winzig vor. Ihr Kopf ging ihm gerade mal bis zu seinem riesigen Bizeps, seine Schultern waren massig, sein Nacken stark. Sie hätte wetten können, dass er Football spielte. Sein

Gang war langsam und locker, und sie merkte, dass er absichtlich langsamer ging, um sich ihren kürzeren Schritten anzupassen. Ihr Mann lief immer vor und ließ sie mit den Kindern zurück.

„Im Moment nutzen wir die Garage noch eher als Abstellraum", sagte sie. „Es gibt eine Falltür nach oben. Oben ist eigentlich nur eine Abstellfläche, aber das Dach ist so hoch, dass man stehen kann."

„Sie wollen eine Mietwohnung daraus machen?", fragte Vinny.

„Eigentlich soll es mein Atelier werden", vertraute sie ihm an.

„Sie sind Künstlerin?", fragte Vinny.

Plötzlich wollte sie dazu stehen, ihre wahre Leidenschaft im Leben verkünden trotz der Tatsache, dass noch nie jemand eine ihrer Kreationen gekauft hatte. „Ja. Ich male."

„Sehr cool", sagte Vinny.

Wärme schlich sich bei ihr ein. Seine saloppe Bemerkung bedeutete ihr so viel. „Ich liebe es", gestand sie.

Vinny neigte den Kopf. „Das erklärt auch die überdimensionierten Fenster. Sie brauchen viel Licht."

„Ja." Sie kamen an die freistehende Doppelgarage, und sie schloss auf und öffnete eins der beiden Tore. Sie war vollgestopft — Rasenmäher, Schaufeln, Harken, die alte Wiege der Jungs, mehrere Kisten aufeinandergestapelt. Erst jetzt fiel ihr ein, dass sie das hätte rausräumen müssen, obwohl einige Sachen für sie zu schwer gewesen wären. Ihre Jungs — Gabe, Luke und Jared — waren mit ihren elf, sieben und fünf Jahren noch nicht alt genug, um groß zu helfen. Ihr Mann hätte das vermutlich bloß abgewinkt und gesagt, dass er mit seinem Papierkram zu tun hätte. Selbst wenn er zu Hause war, war es, als wäre er nicht wirklich zu Hause.

Sie drehte sich zu den Männern um. „Es tut mir leid. Wir hätten das hier für Sie leerräumen sollen."

„Kein Problem", sagte Vinny. „Wir bahnen uns einen Weg dadurch. Zeigen Sie uns einfach, wo die Falltür nach oben ist."

Sie quetschte sich zwischen die Reihen von Kram bis mitten in den Raum und zeigte nach oben.

Vinny lächelte ein wenig, doch das Lächeln erreichte seine traurigen braunen Augen nicht. „Danke, Allison. Wir übernehmen jetzt."

Sie nickte und ging ihnen aus dem Weg.

Vinny bewegte sich, als hätte er Blei in den Gliedern, doch er musste arbeiten. Er hatte Mäuler zu stopfen. Der kleine Job, einen Lagerraum in ein Studioapartment umzubauen, war ideal für seinen kaum funktionstüchtigen Zustand. Er war sich sicher, dass das der Grund war, weswegen sein Dad, der Inhaber von Marino and Sons Constructions, ihn ihm gegeben hatte, denn er wusste, dass Vinny mit mehr im Moment nicht umgehen konnte, da er seine Frau betrauerte. Maria war vor etwas mehr als einem Monat gestorben, nachdem sie lang und schmerzhaft gegen Eierstockkrebs gekämpft hatte. Sie war die Liebe seines Lebens gewesen, seine Highschoolliebe. Sie hatten nicht gleich geheiratet. Sie hatte zum College gehen wollen, also hatte er gewartet. Sie war ein Bücherwurm, liebte Literatur und Dichtung, war schön im Inneren wie außen. Er war ein Handwerkswurm, wie er immer sagte. Manchmal fragte er sich, warum sie sich nicht einen Collegetypen geangelt hatte, der mehr war wie sie, doch sie liebte ihn, und er liebte sie mehr als sonst etwas auf der Welt. Direkt nach ihrem Collegeabschluss heirateten sie. Vince Jr. kam vier Jahre später zur Welt, Nico zwei Jahre später und noch einmal zwei Jahre später bekamen sie Angelo.

Seine Jungs, die jetzt neun, sieben und fünf waren, trauerten genauso wie er. Besonders machte er sich um den fünfjährigen Angelo Sorgen, den sie Angel nannten, weil er ein engelsgleiches Wesen hatte und auf seine Klein-Jungenart auf seine Ma aufgepasst hatte, ihr Erdnussbutter-Marmeladen-Sandwiches gemacht, ihr Wasser gebracht, ihr ihre Lieblingsbücher vorgelesen hatte. Vinny schluckte über den Kloß in seiner Kehle hinweg. Angel war nur halbtags im Kindergarten, vormittags, und heute war der erste Tag, an dem Vinny nachher nicht für ihn da sein würde. Seine Schwiegermutter, Loretta, wäre bei ihm zu Hause, aber dennoch. Vinny hatte sogar überlegt, ob er seine Mittagspause bei ihnen zu Hause machen sollte, doch mit der Fahrerei hätte er nicht viel Zeit, und Angel würde nicht verstehen, warum er so bald schon wieder fahren musste.

Er drehte sich zu seinem Assistenten, seinem Cousin Tony, um. „Lass den Rasenmäher. Wir stapeln die Kisten an die Wand." Er deutete dorthin, wo er sie haben wollte, und sie machten sich an die Arbeit.

Bis Mittag hatte er eine ziemlich gute Vorstellung davon, womit sie es oben zu tun hatten: Er würde einen Klempner und den Elektriker holen müssen. Er und Tony hatten bereits den Boden verstärkt und arbeiteten jetzt an der Falltür. Nach dem Mittagessen würden sie eine Holztreppe für einen Außenzugang bauen.

„Mittagspause", sagte er zu Tony.

Sie setzten sich in das Führerhaus des Trucks, öffneten die Fenster zu einem sonnigen Tag im Mai und aßen die Sandwiches, die sie sich mitgebracht hatten. Vinny erklärte seinem Cousin die nächsten Schritte für ihre Arbeit am Nachmittag. Als er mit dem Mittagessen fertig war, sagte er Tony: „Ich frage mal kurz, ob ich ihr Telefon benutzen darf."

„Aber du sagtest doch, wir sollen nicht hineingehen."

Hauptsächlich arbeiteten sie an öffentlichen Gebäuden, doch hin und wieder, um eine Lücke zu füllen, nahm sein Dad auch kleinere Jobs an Wohnhäusern an. Die Regel lautete, die Hauseigentümer so selten wie möglich zu belästigen. „Es geht um Angel." Er hatte überlegt, ob er zu einer Telefonzelle fahren sollte, doch in einem Vorort wie diesem gab es nicht gerade an jeder Ecke eins. Es hätte eine Weile dauern können, bis er eins fand, und er wollte nicht zu kurz mit Angel telefonieren.

Er stieg aus dem Truck. Tony zündete sich eine Zigarette an. Vinny beugte sich über das Fenster. „Hey. Nicht im Truck. Mach einen Spaziergang."

Tony schnaubte, gab aber nach.

Vinny ging zur Haustür und klopfte.

Allison öffnete die Tür ganz weit für ihn, nicht nur einen Spalt weit, wie manche Auftraggeber es taten. „Hi! Wie läuft es drüben?"

Er versteifte sich, schob den Drang, ans Telefon zu kommen und sich zu vergewissern, dass es seinem Jungen gut ging, beiseite. „Alles großartig. Wir haben den Boden verstärkt. Ansonsten ist die Struktur in Ordnung. Für Anfang nächster Woche bestelle ich einen Elektriker und einen Klempner."

„Okay, großartig." Sie sah ihn mit einem so strahlenden Lächeln an, dass es für einen Moment seinen finsteren Nebel durchbrach. Wie lange war es her, dass er oder irgendjemand in seiner Nähe ihn so angelächelt hatte? Tage? Monate? Jahre? Fünf Jahre immer schlechter werdender Nachrichten, eine langsam größer werdende Verzweiflung.

„Ich müsste mal ihr Telefon benutzen", sagte er dringlich. „Mein Sohn ist gerade aus dem Kindergarten gekommen, und ich möchte nach ihm hören."

„Oh. Ich wollte eigentlich gerade los, um meinen Sohn von der Kindergarten-Bushaltestelle abzuholen. Könnten Sie zwanzig Minuten warten, bis ich wieder da bin?"

Sie wollte nicht, dass er allein in ihrem Haus war. Das verstand er, sie hatten sich ja gerade erst kennengelernt. Das hieß aber nicht, dass er nicht den Drang verspürte, sie beiseite zu schieben und das Telefon selbst zu suchen. Doch er wusste es besser. Außerdem erwartete Angel seinen Anruf nicht. Es war mehr, um Vinny zu beruhigen. Vermutlich aß Angel gerade ganz fröhlich das, was seine Nonna ihm zu Mittag gekocht hatte. Doch würde sie Angel fragen, wie es ihm ging? Er war nicht mit allem gleich einverstanden.

„Zwanzig Minuten", sagte er und ging zurück zu seinem Truck. Er würde die Zeit nutzen, um schon einmal die Latten, die sie brauchen würden, zurechtzulegen. Er sah zweimal auf seine Uhr, schüttelte sie, um sicherzugehen, dass sie noch lief, dann war es endlich so weit.

Er lief zur Tür und klopfte. Gott sei Dank öffnete sie. „Es ist in der Küche."

Er ließ seine Arbeitsstiefel auf der Veranda und folgte ihr hinein, den Flur hinunter zur Küche rechts, wo ein kleiner Junge mit hellbraunen Haaren und einem Streifen Schmutz im Gesicht auf einem Hocker an der Spüle stand, wo er sich vermutlich die Hände waschen sollte, doch stattdessen den fremden Mann in seiner Küche anstarrte, seine grünen Augen zu groß für sein Gesicht.

Vinny hob grüßend seine Hand.

„Darf ich mal Ihr Werkzeug ausprobieren?", fragte der Junge und starrte auf Vinnys Werkzeuggürtel.

Allison meldete sich zu Wort. „Jared, wasch dir die Hände. Ich sagte dir doch, die Handwerker haben viel zu tun." Sie ging zu Vinny und reichte ihm ein schnurloses Telefon. „Nehmen Sie es ruhig mit ins Esszimmer, da haben Sie mehr Privatsphäre, wenn Sie mögen." Sie deutete auf ein förmliches Esszimmer nebenan.

Er nickte und ging in den Raum hinüber, wo er rasch die Nummer von zu Hause wählte. Seine Schwiegermutter, Loretta, meldete sich. „Hi, Vinny hier. Ich wollte nur Angel kurz fragen, wie sein Tag war."

„Ich hole ihn."

Einen Moment später hörte er die süße Stimme seines Sohnes über die Verbindung, ernst und rein. „Hi, Daddy! Ich habe einen Wackelzahn!"

Vor Erleichterung wäre er beinahe zusammengebrochen. Es ging ihm gut. Er klang glücklich: „Das ist toll, Kumpel. Hattest du einen guten Tag?"

„M-hmm. Ich habe den ganzen Tag an meinem Zahn gewackelt, aber er will einfach nicht ausfallen."

„Erzwing es nicht. Er fällt schon aus, wenn er so weit ist."

„Nonna sagt, wir können eine Schnur an meinen Zahn und an den Türgriff binden und die Tür dann zuknallen. Peng! Zahn draußen."

„Nein, so macht man das heute nicht mehr. Heute lässt man ihn, bis er so weit ist."

„Okay. Ich hoffe, ich bekomme ganz viel Geld von der Zahnfee. Robbie hat fünf Dollar bekommen!"

„Als ich das letzte Mal nachgesehen habe, hat die Zahnfee einen Dollar dagelassen."

Angel flüsterte laut in den Hörer: „Ich glaube, die Zahnfee ist jetzt reicher."

„Ich würde mit einem Dollar rechnen. Ich glaube, dass Robbies Eltern vielleicht noch etwas hinzugelegt haben, weil sie jetzt reicher sind. Wir aber nicht. Wie ist dein Mittagessen?"

„Gut. Nonny hat mein Lieblingsessen gemacht, Ziti mit Käsetupfen. Wann kommst du nach Hause?"

Sein Herz zog sich zusammen. Er wollte genau in dieser Minute nach Hause fahren. Doch er wusste, er musste Angel darauf vorbereiten, wie die Dinge jetzt laufen würden, seine normale Routine. „Ich sehe dich dann zum Abendessen."

„Okay. Bye."

„Ich hab dich lieb." Das Telefon gab einen lauten Ton von sich. Vermutlich war er davongerannt.

„Ich bin's", sagte Loretta. „Mach dir keine Sorgen, es geht ihm gut."

„Okay, danke nochmal für deine Hilfe. Ich seh dich dann später." Er legte auf und starrte zur Decke, versuchte, sich zusammenzureißen. Angel ging es gut. Vince und Nico waren noch in der Schule, doch er wusste, sie würden nach Hause kommen, und auch ihnen ging es gut. Sie würden alle einfach so weitermachen wie immer. Im vergangenen Jahr hatten er und Loretta die Familie zusammengehalten, sich um die Kinder und Maria gekümmert.

Er ging in die Küche. Jared war nicht da, doch in einem anderen Raum konnte er den Fernseher hören. Allison stand am Herd, den Rücken ihm zugewandt, und bereitete das Mittagessen zu.

„Fertig", sagte er.

Sie wirbelte herum. „Oh, hi. Über die laute Dunstabzugshaube habe ich Sie gar nicht kommen hören. Gegrillter Käse."

Er legte das Telefon auf die Arbeitsfläche und wahrte

höfliche Distanz. „Danke, dass ich Ihr Telefon benutzen durfte."

„Kein Problem. Wie geht es Ihrem Sohn?"

Er rieb sich den Nacken. „Ihm geht's gut. Ich glaube, ich habe den Anruf dringender gebraucht als er."

Sie schüttelte den Kopf, lächelte, und ihr sonniges Strahlen traf ihn — ihr hellblondes Haar hatte sie zu einem Pferdeschwanz hochgebunden, ihre Augen waren strahlend blau, ihre Haut glänzte gesund. Sie sah so viel jünger aus als er. Er war sechsunddreißig, doch die letzten Jahre hatten ihren Tribut gefordert, und er kam sich uralt vor. „Das ist doch typisch für ein Kind", meinte sie. „Ihnen geht es gut, während wir vor Sorge ganz krank sind. Sie können morgen gerne um die gleiche Zeit wiederkommen, wenn Sie wieder nach ihm hören wollen."

Diese kleine freundliche Geste drang in ihn und drückte sein Herz. „Danke Ihnen. Vielleicht mache ich das."

Sie nickte einmal und wandte sich dann wieder dem gegrillten Käse zu, wendete ihn. Sie war ein winziges Ding und doch strahlte sie so viel Leben aus. So anders als die schwere Ahnung des Todes, mit der er so lang gelebt hatte. Er wollte näher an das Licht.

Er drehte sich um und ging geradewegs zur Haustür hinaus.

2

Vinny kehrte am nächsten Tag zur gleichen Zeit zu Allisons Haustür zurück, um Angel anzurufen. Und den Tag drauf. Eine Woche später konnte er sich nicht mehr vormachen, dass es ihm nur um Angel ging. Er kam für den kurzen Moment der Verbindung in Allisons Küche, die dort stand und ihn anlächelte, ihn nach seinem Jungen fragte. Sie verstand diese enge Bindung an die Familie, diese Liebe für die Kinder. Seine Schwiegermutter, Loretta, war wütend auf ihn, weil er meinte, sich immer vergewissern zu müssen, doch das war ihm egal. Wenn er sich vergewissern wollte, dann tat er das.

In den kurzen Momenten, in denen er mit Allison über ihre Kinder sprach, fühlte er sich etwas weniger allein. Sie erzählte ihm von ihren drei Jungen, die ungefähr so alt waren wie seine, und was sie so trieben. Gabe und Luke liebten Videospiele und Fahrradfahren. Jared, das Kindergartenkind, war der wagemutigste und jetzt schon geschickt auf dem Skateboard. Er erzählte ihr von seinen Jungs. Vince und Nico standen auf Sport — Football, Basketball und Baseball — wie er. Angel fing gerade erst mit Baseball an. Für Football war der Junge zu zierlich. Seine Frau, Maria, hatte gewollt, dass er Baseball spielte, und Vinny respektierte ihren Wunsch. Vince und Nico waren groß, so wie er. Diese täglichen Unterhaltungen waren die strahlenden Momente seines Tages.

Heute war der Freitag vor dem langen Memorial Day Wochenende, und er freute sich, ein wenig Zeit zu haben, um sie mit seinen Kindern zu verbringen. Er ging und holte sich das schnurlose Telefon selbst, das erwartete Allison mittlerweile, während sie für Jared ein paar Hot Dogs zubereitete und ihm zuwinkte und ihn anlächelte. Er merkte, wie er das Lächeln erwiderte, ein ganz fremdartiges Gefühl.

Er rief Angel an, fragte ihn nach seinem Tag, und dann traf Angel unerwartet einen Nerv. „Ich muss los! Nonna und ich arbeiten heute im Garten."

Das war Marias Garten gewesen, und er war seit einem Jahr nicht angerührt worden. „Was habt ihr denn damit vor?", schaffte er über die Enge in seinem Hals hervorzubringen.

„Zuerst jäten wir das ganze Unkraut, dann pflanzen wir neues Zeug. Bye!" Er legte auf.

Plötzlich brannten seine Augen. Der Garten war kein schöner Anblick, tote Pflanzen, überwuchert von Unkraut, doch irgendwie erinnerte er ihn an Maria, wenn er ihn ansah. Er starb so langsam, wie sie es getan hatte. Es war morbide, aber tröstend, reflektierte seine Realität. Er atmete einmal tief ein, zwickte seine Nasenwurzel und schloss die Augen. So sollte es sein. Die Jungen hauchten der Welt Leben ein. Neue Dinge sollten die Gelegenheit bekommen zu wachsen.

„Kann ich mal den Hammer benutzen?", fragte ihn eine leise Stimme.

Als er die Augen öffnete, stand Jared vor ihm und zeigte auf den Hammer an Vinnys Werkzeuggürtel. Vinny hatte einen Kinderhammer in seinem Gürtel, den seine Jungs benutzen durften. „Du musst erst deine Mom fragen, ob das in Ordnung ist."

„Mom!", brüllte er so laut seine Stimmbänder es hergaben. „Darf ich den Hammer des Handwerkers benutzen?"

Allison kam herein und sagte zu Jared: „Ich dachte, du siehst fern. Ich habe dir doch gesagt, du sollst die Handwerker nicht belästigen. Und sein Name ist Mr Marino." Sie sah zu Vinny auf. „Tut mir leid."

„Kein Problem."

Jared lief zurück ins Wohnzimmer, denn er dachte sich wahrscheinlich, dass er jetzt niemals den Hammer würde benutzen dürfen.

„Wie geht es Angel heute?", fragte sie.

„Gut." Seine Stimme versagte, und er räusperte sich. „Er arbeitet im Garten seiner Ma." Seine Kehle schnürte sich zu, und er musste hier raus, bevor er noch zusammenbrach. Allison blockierte den Weg in die Küche, wo er sonst immer das Telefon zurücklegte. Er reichte ihr das Telefon. „Hier."

„Ist alles in Ordnung?"

Nichts würde je wieder in Ordnung sein. Er sah in ihre blauen Augen, die echte Sorge ausstrahlten. In dem Moment musste er jemandem seinen Schmerz anvertrauen. Manchmal war es einfach zu viel, was man im Inneren verbarg, weil man stark für seine Jungs sein musste.

Seine Stimme klang heiser. „Manche Tage sind einfach schlimmer als andere. Meine Frau ist letzten Monat gestorben. Es war für uns alle schwierig."

„Oh, das glaube ich. Das tut mir so leid." Sie trat näher, hob ihre Arme, und einen Moment lang meinte er, sie würde ihn umarmen. Doch dann nahm sie ihre Arme wieder herunter und drückte seine Hand mit ihrer kleineren in einem festen Griff. „Lassen Sie es mich bitte wissen, wenn ich etwas tun kann."

„Danke Ihnen!" Sie konnte nichts tun, dennoch war er ihr für ihr Mitgefühl dankbar.

Sie nickte, ließ seine Hand los und sah ihn mit so viel Mitleid an, dass er sich von ihr abwenden musste.

„Ich sollte mich wohl besser wieder an die Arbeit machen", murmelte er und ging schnell nach draußen.

Er stürzte sich wieder in die Arbeit und versuchte, sich auf alles andere, nur nicht auf das zu konzentrieren, was gerade in seinem Kopf war — die junge Allison, bei der er sich weniger allein fühlte. Er fühlte sich zu ihr hingezogen, wollte ihren Trost, und es schmerzte ihn, dass er das von einer anderen Frau wollte. Maria war sein Trost, das war sie immer gewesen.

Er und Tony beluden den Truck am Ende des Tages, als er

eine weiche Hand an seinem Arm spürte. Er drehte sich um, und Allison stand da, mit einer abgedeckten Schüssel in der Hand.

„Ich habe Hähnchen Parmigiana für Sie und Ihre Jungs gemacht. Ich dachte, es wäre mal ganz schön für Sie, nicht in der Küche arbeiten zu müssen." Sie lächelte ihn verstohlen an. „Sie wissen schon, damit Sie das lange Wochenende ein wenig entspannter angehen können."

Er kochte niemals. Loretta ließ am Abend Essen im Ofen, das er nur warm machen musste, und fürs Wochenende hatte er Tiefkühlgerichte im Gefrierschrank. Allison lag etwas an ihm. Sie sah seinen Schmerz und wollte ihm die Last abnehmen.

Er nahm es entgegen. „Danke, Allison. Ich bin Ihnen wirklich dankbar, und ich bin mir sicher, die Jungs auch."

„Meine Freunde nennen mich Allie."

Er versuchte ein Lächeln, doch er war so außer Übung, dass es sich fremd anfühlte. „Danke, Allie."

Sie beugte sich vor, hob erneut ihre Arme, als wollte sie ihn umarmen, doch dann zog sie sich zurück. „Entschuldigung. Ich umarme gern." Sie hob die Hände in die Luft. „Hüten Sie sich vor der merkwürdigen Frau, die alle umarmen muss."

„Das ist nett. Haben Sie ein schönes Wochenende." Er hielt die Glasschale in die Höhe. „Noch einmal danke!"

Sie lächelte so strahlend, dass auch in ihm etwas heller zu werden begann. „Die Treppe sieht großartig aus!"

Er sah über die Schulter zu der Treppe, die sie letzte Woche gebaut hatten. Das war nicht das Wichtigste. Die wirkliche Arbeit passierte innen. „Danke! Sie sollten erst mal sehen, wie es drinnen aussieht."

Sie wurde rot, und ihr Blick fiel auf seine Schulter, dann seinen Hals, dann seine Lippen. Ein plötzliches Gefühl der Anziehung ließ ihn sich aufrechter hinstellen. Er war bislang nur mit einer Frau zusammen gewesen, war nie in Versuchung geraten.

„Schönes Wochenende", sagten beide gleichzeitig.

Sie lachte und lief ins Haus zurück. Er stieg eilig in den

Truck. Tony tauchte ein paar Augenblicke später auf, nachdem er hinten noch etwas vertäut hatte.

Er bat Tony, die Schüssel während der Fahrt zu halten.

Tony wog sie in seinen Händen. „Was ist das?"

„Hähnchen Parmigiana."

„Für mich?"

„Für meine Kinder." *Und mich. Ihr lag so sehr etwas an mir, dass sie für mich gekocht hat.*

Er setzte Tony am Betrieb ab, wo der seinen Wagen stehen hatte, und fuhr nach Hause, so beschwingt wie seit Jahren nicht. Er ging zur Tür seines Ranchhauses hinein, stellte die Schüssel in sichere Entfernung auf den Couchtisch und rief: „Ich bin zu Hause!"

Die Jungs kamen hereingelaufen, umarmten seine Beine und seinen Bauch, und alle sprachen durcheinander, so sehr freuten sie sich, ihn zu sehen. Er begrüßte jeden einzelnen, umarmte sie ganz fest und zerzauste ihnen das Haar.

„Was ist das?", fragte Loretta, die in einer Schürze aus der Küche kam und die Schüssel fixierte. Ihre grauen Haare steckten in einem Dutt, sie war korpulent und ihr Tonfall streng.

Er hob das Essen hoch. „Die Frau, bei der ich gerade arbeite, hat uns Hähnchen Parmigiana fürs Wochenende gemacht. Ich werde es einfrieren." Er ging in die Küche, um es wegzustellen.

Sie stellte sich ihm in den Weg, bevor er am Gefrierschrank ankam, nahm ihm den Behälter ab und hob den Deckel. Sie runzelte die Stirn. „Eine Frau hat für dich gekocht?"

„Sie sagte, wir sollten am Wochenende mal eine Pause machen."

Loretta schnaubte. „Was für eine Pause? Ich koche doch hier."

„Ich weiß. Sie wollte einfach nur nett sein. Ich werde es einfrieren. Vielleicht können wir es essen, wenn du mal einen Tag frei haben möchtest."

Sie beugte sich vor und schnupperte am Hähnchen Parmigiana. „Das ist furchtbar." Sie zeigte darauf. „Das ist nicht einmal echter Mozzarella. Was ist das? Amerikanischer Käse? Das ist nicht einmal richtiger Käse." Sie holte den Mülleimer unter der Spüle hervor und warf es hinein.

Er taumelte vor und hielt inne. Zu spät. Außerdem verstand er warum. Sie wollte, dass er das Vermächtnis seiner verstorbenen Frau ehrte, ihrer Tochter, nicht einfach zu einer anderen Frau ging, egal wie unschuldig ihre Freundschaft war. Schuldgefühle trafen ihn. Er war ein trauernder Witwer, er bekam keinen Sonnenschein und kein Licht, nicht den Trost, den nur eine Frau spenden konnte. Ganz zu schweigen davon, dass Allie verheiratet war. Man ließ sich nicht von einer verheirateten Frau trösten.

Loretta wischte sich in einer übertriebenen Geste die Hände ab und stellte die Schüssel in die Spüle, dann ließ sie Wasser einlaufen, damit es einweichte. Sie drehte den Wasserhahn ab und sah sich zu ihm um. „Ich werde dir beibringen, wie man kocht. Richtiges italienisches Essen. So werden die Jungs ihre Mutter in Erinnerung behalten."

„Sie haben doch dich", sagte er. „Nichts ist besser als das Essen von Nonna."

„Du wirst es lernen", verlangte sie.

Er beugte sich hinab und küsste ihre weiche Wange, bevor er zum Duschen ging. Sie meinte es gut, doch er verstand nicht, warum er kochen sollte. Ihr wahres Problem war, dass sie nicht zulassen wollte, dass eine andere Frau Marias Platz einnahm. Und sie hatte recht. Er hatte überhaupt nicht so an Allie gedacht. Na ja, vielleicht einen Moment. Es hatte ihn bloß so berührt, dass ihr etwas an ihm lag.

Er würde das Vermächtnis seiner verstorbenen Frau ehren. Immer.

3

———

Ein Jahr später ...

Allie starrte zum Fenster ihres Ateliers hinaus, nippte an ihrem Tee, genoss das frühe Morgenlicht und die Stille. Ihre drei Jungs waren jetzt ganztags in der Schule. Seitdem ihr Atelier fertig war und nicht zuletzt wegen Vinnys offener Bewunderung für ihre Kunst, war sie nun mit ganzem Herzen Künstlerin. Schon lustig, dass ausgerechnet der Typ, der ihr das Studio gebaut hatte, ihr das Selbstbewusstsein gegeben hatte, das sie gebraucht hatte, um an sich selbst zu glauben. Seitdem auch Jared ganztags zur Schule ging, hatte sie sich für einen Illustrationskurs in der Stadt angemeldet. Sie hatte sich entschlossen, Illustratorin für Kinderbücher zu werden, und hatte mittlerweile ein ganzes Portfolio an Arbeiten vorzuweisen. Ihre Illustrationen waren sogar letzten Monat in einer Reihe für Leseanfänger erschienen, in der es um einen Frosch namens Finkle ging. Und nächstes Wochenende fand ihre allererste Kunstausstellung statt. Obwohl es nur ein kleiner Raum war, war es immer noch eine Ehre für ihre Illustrationen von Waldtieren, in der Bibliothek von Clover Park ausgestellt zu werden.

Unglücklicherweise war, je mehr sie als Künstlerin und

Person gewachsen war, ihre Ehe schlimmer geworden. Vielleicht hatte sie jetzt mehr Respekt für sich selbst, stand für das ein, was sie wollte. Sie und William stritten sich um das, was er ihre Bedürftigkeit nannte — ihre Versuche, sich mit ihm zu unterhalten, Zuneigung zu bekommen — und Geld. Er verabscheute es, dass sie „sein" Geld ausgab, um unnötige Dinge wie Vorhänge zu kaufen, hübsche Rahmen für Bilder von den Kindern und Kleinkram, um die eisige Atmosphäre im Haus ein wenig aufzuwärmen. Da sie die Intimität jetzt aufgegeben hatte, ging es in ihren Streitereien nur noch um Geld, genauer gesagt das Geld, das sie für Malereibedarf und ihren Illustrationskurs ausgab. Er nannte ihre Illustrationen ihr kleines Cartoonhobby und hielt das, was sie für die Leseanfänger-Serie bekommen hatte, für lachhaft. Sie war so froh gewesen, dafür bezahlt worden zu sein, und hatte das Geld gleich auf ein eigenes Konto eingezahlt, um zukünftige Ausgaben, die mit ihrer Kunst zusammenhingen, davon bestreiten zu können. William wollte, dass sie entweder einen richtigen Job annahm oder auf magische Weise die hingebungsvolle Frau wurde, die er brauchte. In seiner Argumentation wechselte er zwischen - ihr die Eindringlichkeit eines blutsaugenden Wirtschaftsanwalts oder die kalte Schulter zu zeigen.

Im Endeffekt war sie einfach nicht mehr die Frau, die er wollte. Das wurde überdeutlich, als er sich ein Apartment in der Stadt nahm, sagte, dass er es leid sei zu pendeln, und nur noch an den Wochenenden nach Hause kam. Sie vermutete, dass er eine Geliebte hatte. Mehr als einmal hatte sie ihn deswegen zur Rede gestellt, war aber nicht weitergekommen. Sie war es leid, sich zu streiten, leid zu weinen, so verdammt leid.

Manchmal dachte sie an Scheidung. So viel anders als das jetzige Leben wäre es nicht, doch dann sah sie ihre Jungs an und meinte, sie müsse einfach nur durchhalten, bis ihre Kinder erwachsen waren. Sie musste sich sicher sein, dass es ihnen gut ging. Jared war erst sechs. Sie wollte das Fundament ihrer Welt nicht erschüttern. Ihre eigenen Eltern waren noch verheiratet, auch wenn sie nicht gerade glücklich wirkten. Als sie noch ein Kind gewesen war, war Scheidung ein schmutziges Wort in ihrem Haushalt gewesen und nur flüsternd geäußert worden, wenn man über andere Leute sprach, deren Ehe gescheitert war. Ihre Eltern hatten ihr und ihrer Schwester beigebracht, dass Scheidung eine Schande war. Es war schwierig, das abzuschütteln, dieses Gefühl von Schande und Versagen.

Sie stellte ihren Tee auf den Tisch und fuhr mit ihrem Finger über den Rand des Bücherregals, das Vinny ihr als Dankeschön für die Abendessen gemacht hatte, die sie ihm mitgegeben hatte. Jeden Freitag hatte sie für Vinny und seine Jungs Essen gekocht, als er hier gearbeitet hatte, und er war immer so dankbar gewesen. Es war nur eine kleine Sache, sollte ihm am Wochenende eine kleine Pause verschaffen, doch es war das, was sie tun konnte.

Sie bückte sich, holte das dicke Buch über Kunst hervor und blätterte zur Mitte, wo sie eine Weihnachtskarte von Marino and Sons Construction versteckt hatte. Sie öffnete sie und fuhr mit einem Finger über das vertraute Gekritzel von Vinnys Unterschrift. In den sechs Wochen, die er an ihrem Atelier gearbeitet hatte, hatten sie sich angefreundet und während Vinnys Mittagspause immer nach seinem Anruf zu Hause miteinander geplaudert. Bald schon hatten sie auch miteinander geredet, wenn er Feierabend gemacht hatte, und waren zum Du übergegangen. Hauptsächlich sprachen sie über ihre Kinder, doch er war so ein guter Zuhörer, dass sie ihm ihren Traum, Illustratorin zu werden, anvertraut hatte. Sie hatte ihm sogar ein paar ihrer ersten Bemühungen gezeigt, die auf klassischen Bilderbüchern basierten, die sie so bewunderte. Das Letzte, was er am letzten Tag seiner Arbeit voller Respekt und Bewunderung in den Augen zu ihr gesagt hatte, war: „Verlier dieses Feuer in deinem Bauch nicht, mach weiter mit deiner Kunst. Das ist eine Gabe."

Sie hatte geweint, als er davongefahren war. Es hatte sie so tief berührt, dass jemand sie wirklich ansah und sie als Künstlerin anerkannte. Ihr Abschied hatte sich irgendwie schwerer als ein gewöhnlicher Abschied angefühlt.

Sie dachte oft an ihn, fragte sich, wie es ihm als alleinstehender Dad mit drei Jungs so ging. Sie hoffte, seine Traurigkeit hatte nachgelassen, dass er wenigstens kleine Freuden im Leben hatte. Wie sie es mit ihrer Kunst und ihren Jungs hatte. Er hatte diese Weihnachtskarte bloß geschickt, weil sie ihm eine in seine Firma geschickt hatte. Sie kannte seine Privatadresse nicht und hatte nicht zu persönlich werden wollen. Sowohl Vinny als auch Tony hatten sie unterschrieben. Sie war sich nicht sicher, weshalb sie sie verwahrt hatte, doch hin und wieder, wenn ihre Gedanken abdrifteten, zog sie sie heraus, erinnerte sich an seine Traurigkeit, erinnerte sich aber auch an seine Wärme und seine Ermunterung.

Das war's. Sie würde ihn und seine Jungen zu ihrer Ausstellung einladen. Schließlich waren es Illustrationen für Kinder. Sie holte ihren Skizzenblock heraus und zeichnete ein paar schnelle Illustrationen eines glücklich aussehenden Golden Retrievers. Dann schrieb sie in Großbuchstaben hinzu: Du bist eingeladen zu Allies erster Kunstausstellung. Nächste Zeile: Kinderbuchillustrationen von Waldtieren. Sie fügte noch die Adresse hinzu, das Datum und die Uhrzeit, wann sie am Samstagmorgen da sein würde, und erwähnte, dass sie kostenlose Bücher der Serie, die sie illustriert hatte, verteilen würde.

Sie schickte es an seinen Betrieb. Entweder würde er kommen oder nicht.

Sie wusste nicht einmal, ob er hier aus der Gegend kam.

Er konnte zu viel zu tun haben. Drei Jungen im Mai hatten vermutlich irrsinnig viele Baseballspiele.

Sie sollte sich nicht zu viel erhoffen.

Vinny fuhr wie ein Mann mit einer Mission. Er hatte genau dreißig Minuten, um noch zu Allies Kunstausstellung zu kommen. Nicos Baseballspiel war gerade zu Ende, Angel war superfrüh heute Morgen fertig gewesen, und Vince hatte ein Spiel am Nachmittag. Seine Jungen saßen in ihrer Baseballkluft hinten auf dem Rücksitz seines Minivans und waren still, weil sie den Mund vollgestopft hatten mit Sandwiches. Er hatte sich so für Allie gefreut, als er die Einladung bekommen hatte. Sie hatte Illustratorin werden wollen, und sie hatte es geschafft. Ihre eigene Kunstausstellung, ihre eigenen veröffentlichten Bücher, die sie illustriert hatte. Er wusste, dass sie talentiert war, und war begeistert zu sehen, wie weit sie in nur einem Jahr gekommen war.

Er hatte nie ihre Liebenswürdigkeit vergessen, wie sie sich immer nach seinen Jungs erkundigt und jede Woche etwas gekocht hatte, damit er mal eine Pause hatte. Es hatte ihm nicht wirklich eine Pause verschafft, da Loretta es nicht zuließ, doch er hatte ihr Angebot dankbar jede Woche angenommen und das Essen seinem alleinstehenden Cousin Tony gegeben, der genauso dankbar war, selbstgekochtes Essen zu bekommen. Ironischerweise war Vinny jetzt tatsächlich der Koch in der Familie. Die Gesundheit seines Schwiegervaters hatte sich verschlechtert, und Loretta musste ihren Mann jetzt rund um die Uhr pflegen. Sie hatte Vinny einen Crashkurs in italienischem Kochen verpasst und war dann dazu übergegangen, ihn und seine Jungs jeden Sonntag zu sich nach Hause einzuladen, damit er unter ihrer Aufsicht kochen konnte. Er bekam nun eine ziemlich anständige Sauce hin und war Experte, was Ravioli anging. Das mochten seine Jungs am liebsten, also machte er sie oft und versteckte heimlich noch Gemüse in der Käsefüllung.

Die Nachricht, die er an Allie geschrieben hatte, brannte ein Loch in seine Jeanstasche. Er war sich nicht sicher, was in ihn gefahren war, dass er seine tiefsten Gedanken in Worte gepackt hatte, doch er wusste nicht, wann er jemals wieder die Gelegenheit haben würde, sie zu sehen, und er wollte sie nur wissen lassen, wie sehr sie ihm in einer düsteren Zeit seines Lebens geholfen hatte. Ihm immer noch half, wenn die Finsternis wiederkam.

Eine zerknüllte Papierverpackung von einem der Jungs landete neben ihm im Becherhalter. Er sah zurück auf die große Hand seines Ältesten, des zehnjährigen Vince. „Wirf deinen Müll nicht nach vorn. Steck es zurück in die Tüte, in der wir es gekauft haben."

Vince gehorchte, aber nur unter lautstarkem Protest. „Wie

leise müssen wir sein, um nach meinem Spiel noch ein Eis zu bekommen?"

„Bibliotheksleise", sagte Vinny. „Flüstern."

„Ich kann ganz toll flüstern!", rief der sechsjährige Angel lispelnd, weil seine Schneidezähne fehlten.

„Das ist kein Flüstern", sagte Nico und senkte dann seine Stimme. „Das ist flüstern. „Wir sehen uns Bilder von einer Künstlerin an und bekommen ein Eis."

„Sie heißt Allie Reynolds", erzählte er ihnen. Allein ihren Namen zu nennen ließ die Vorfreude durch ihn rauschen. Nach all dieser Zeit hatte sie an ihn gedacht, und das bedeutete etwas. Vielleicht hatte sie ihre Unterhaltungen so sehr genossen wie er. Oder vielleicht war das auch nur in der Situation so gewesen. Er war deprimiert gewesen, und sie war ein leuchtender Strahl aus Mitgefühl und Trost. Jetzt war er nicht mehr deprimiert, doch er war auch nicht wirklich glücklich.

Angel flüsterte so leise, dass er ihn nicht verstehen konnte.

Vince meldete sich zu Wort. „Ja, wer ist eigentlich Allie? Ist sie berühmt?"

Er räusperte sich. „Sie ist eine befreundete Künstlerin. Ich habe letztes Jahr ein Atelier für sie gebaut."

„Ist sie reich?", fragte Nico.

„Nein, nicht reich, aber auch nicht arm." Sie war mit einem Anwalt verheiratet. Ihr Mann hatte die Rechnung für den Umbau unterschrieben — William Reynolds, Esquire. „Eines Tages ist sie für ihre Kunst vielleicht berühmt."

„Cool!", rief Nico. „Ich lasse sie mein kostenloses Buch signieren."

Vinny lächelte. „Das wäre großartig. Aber wir kommen leider ganz am Ende ihrer Ausstellung an. Vielleicht gibt es keine kostenlosen Bücher mehr."

„Dann fahr schneller!", rief Nico.

„Ja, lass sie fliegen!", brüllte Vince.

Er gab etwas mehr Gas, war fast so eifrig wie seine Kinder, nur aus Gründen, über die er lieber nicht zu sehr nachdenken wollte.

Sie kamen so an, dass sie noch zwanzig Minuten hatten.

Die Jungs liefen voraus zum Eingang der Bibliothek. Es war ein altes Ziegelgebäude, mit einer kastenförmigen Erweiterung, die irgendwann in den Sechzigern hinzugekommen war. Er ging zum Haupteingang hinein, dem alten historischen Teil der Bibliothek, sah sich im Foyer um und entdeckte Allie rechts in einem gemütlichen Raum mit Kamin und mehreren Lesesesseln. Der Kamin war vermutlich früher einmal wirklich zum Beheizen benötigt worden. Ihr blonder Kopf hatte sich über ein Buch gebeugt, das sie gerade für eine Mom und deren kleines Mädchen signierte. Sie trug ihre Haare offen, es fiel glatt über ihre Schultern, außerdem hatte sie ein hellviolettes Tanktop mit schwarzen Trägern an, das viel von ihrer cremefarbenen Haut zeigte. Sie sah entspannt aus, lächelte das Mädchen an. Sie sah überhaupt nicht aus wie eine Mom. Sie sah wie eine Künstlerin aus.

Sie sah wie eine schöne Frau aus.

Einen Moment lang stand er einfach nur da, vollkommen fasziniert.

Eine Bewegung zu seiner Linken machte ihn darauf aufmerksam, dass Vince und Nico einander schubsten. Mit ihren zehn und acht Jahren konnten sie sich wirklich in alles hineinsteigern, vor allem, wenn sie sich langweilten. Er packte Vince am Ärmel, trennte die beiden voneinander und bedeutete den anderen beiden, ihm in den Raum zu folgen. Allie hatte sie noch gar nicht bemerkt, sondern sprach immer noch mit dem kleinen Mädchen an ihrem Tisch, daher nahm er sich ein paar Minuten, um sich umzusehen. Anstelle von Bücherregalen war der Raum mit Zeitschriftenauslagen gefüllt. Ihre Bilder hingen über den Zeitschriften und neben dem Kamin. Wunderschön realistische Waldszenen, die einen anzogen.

„Hier ist es", sagte er zu den Jungs. „Das hat alles sie gemalt."

„Wo sind die kostenlosen Bücher?", flüsterte Nico.

Er zeigte zu dem Tisch, an dem Allie jetzt allein saß. Sie sah auf, und ihr Gesicht erhellte sich mit einem Lächeln, bei dem sein Herz schneller zu pochen begann. Sie sprang auf und ging ihnen entgegen. Sie trug einen schwarzen Rock, ihre nackten Beine steckten in klobigen schwarzen Sandalen, ihr winziger Körper wurde in der enganliegenden Kleidung perfekt betont. Die Lust packte ihn so unerwartet, dass er einen Moment lang nicht atmen konnte. Als wäre sie gerade wieder zum Leben erwacht.

„Ihr seid da!", rief sie und stellte sich vor ihn. Sie hob ihre Hände, um ihn zu umarmen, und er rutschte etwas näher und hoffte, sie würde es tun. Sie drückte ihn ganz kurz und löste sich dann von ihm und lächelte zu Angel hinunter. „Du musst Angel sein. Dein Daddy hat dich jeden Tag angerufen, als er an meinem Atelier gearbeitet hat."

„Hi", flüsterte Angel.

Vinny lächelte. „Ich habe den Jungs gesagt, dass sie in der Bibliothek flüstern müssen." Er deutete auf die anderen beiden, die herumstanden und sich umsahen. „Das ist Vince." Bei seinem Namen drehte Vince sich um. „Und Nico."

Allie lächelte sie an. „Schön, euch kennenzulernen. Ich habe drei Bücher beiseitegelegt, für den Fall, dass ihr noch vorbeikommt."

„Das haben Sie alles selbst gemacht?", fragte Vince und deutete auf die gerahmten Bilder. „Oder waren die Bilder schon da, und Sie haben sie bloß ausgemalt?"

Allie sah sich um, strahlend und schön, noch mehr voller Leben als vor einem Jahr, als er sie kennengelernt hatte. „Ich habe die Bilder gezeichnet und ausgemalt."

„Cool", sagte Vince.

„Kommt, ich hole eure Bücher." Sie ging mit federndem Schritt zurück zu ihrem Tisch. Er sah ihr einen Moment hinterher und stellte fest, dass er ein schlechtes Vorbild abgab, so wie er sie musterte, also folgte er ihr, sein Blick an ihrem Hinterkopf. Ihr Haar war golden in der Sonne, die durch die vorderen Fenster hereinströmte, Strähnen unterschiedlicher Blondtöne.

Angel nahm seine Hand und hielt sie im Gehen ganz fest. „Ich muss Pipi."

Vinny seufzte. Jedes verdammte Mal. Er hatte ihm gesagt, er solle im Imbiss noch zur Toilette gehen, aber er hatte gesagt, er müsse nicht. „Kannst du es anhalten?"

„Ganz dringend", flüsterte Angel.

Vince und Nico waren vor ihnen und schon bei Allie am Tisch. Sie drehten sich um, jeder starrte auf sein Buch, und sahen aus, als wäre es ihnen unangenehm. Vince kam zu ihm und flüsterte: „Dad, das sind Babybücher."

„Ich will meins nicht", sagte Nico und gab es Angel.

„Das ist unhöflich", zischte Vinny. „Gebt her. Ich werde sie halten." Die Jungs reichten sie ihm. „Angel, ich hole dir deins. Vince, du gehst mit deinem Bruder zur Toilette."

„Nico ist dran", jammerte Vince.

„Du bist der Älteste, das heißt, dass du dem Jüngsten hilfst." Vinny legte Angels Hand in die von Vince. „Und jetzt los!"

„Mann!", sagte Vince. „Wenn man der Älteste ist, hat man nur Arbeit, keinen Spaß."

Angel wechselte von einem Fuß auf den anderen.

„Komm schon, kleiner Mann", sagte Vince und bückte sich ein wenig, damit Angel auf seinen Rücken klettern konnte. Er rannte davon, und Angel lachte erfreut, weil der Ritt so überraschend schnell war.

Nico nahm sich ein Automagazin und setzte sich, blätterte es durch und sah dabei für einen Achtjährigen sehr erwachsen aus.

Vinny stieß einen Atem aus und ging zu Allie, die ihn wieder anlächelte.

Er merkte, wie er das Lächeln erwiderte. „Immer ein dringender Toilettengang, damit es noch lustiger wird."

Sie lachte. „Glaub mir, ich kenne das. Das Schlimmste ist, wenn man im Supermarkt ist, alles schon auf dem Band liegt und sie dann plötzlich müssen. Natürlich ist die Toilette im Keller in der am weitesten von der Kasse entfernten Ecke. Was man nicht alles für seine Kinder tut!"

Er beugte sich vor, um ihr anzuvertrauen: „Ich habe mal den Fehler gemacht und Vince gesagt, er solle einfach draußen machen, als er vier war, und dann hat es ein Jahr gedauert, bis ich ihm das abgewöhnt hatte, draußen zu machen, wenn ihm danach war."

Ihre blauen Augen erhellten sich, und in dem Moment

wusste er, warum er sich so zu ihr hingezogen fühlte. So viel Leben und Humor. Er fühlte sich schon gut, wenn er sie nur ansah. „Wenn man das einmal macht", sagte sie, „ist es ja in Ordnung."

Er lächelte und schüttelte den Kopf. „Ich bin wirklich beeindruckt von deiner Arbeit. Das ist schön." *So wie du.*

Sie wurde rot und glättete ihr Haar, wandte den Blick ab und sah ihn dann wieder an. „Danke dir!"

„Könnte ich ein signiertes Buch für Angel bekommen?"

„Natürlich!" Sie zog eins hervor, signierte es und reichte es ihm. „Ich weiß gar nicht, ob ich dir jemals gesagt habe, wie viel es mir bedeutet hat, dass du mich ermuntert hast, mit meiner Kunst weiterzumachen. Ich bin jetzt wegen deiner netten Worte in einer viel besseren Position."

„Ach, ich bin mir sicher, das ist allein dein Verdienst. Du bist doch diejenige, die das Talent hat. Das kann jeder sehen."

Sie sah ihn mit aufrichtiger Zuneigung an. „Nochmals danke. Ich bin dir wirklich dankbar dafür und dafür, dass ihr heute hergekommen seid. Deine Jungs sind süß."

Er lachte. „Ich weiß nicht, ob ich sie süß nennen würde. Aber sie sind gute Kinder. Deine Jungen sind heute nicht hier?"

„Ihr Dad hat sie vorhin hergebracht. Sie haben es genau fünf Minuten ausgehalten. Für sie ist das keine große Sache. Sie haben meinen Kram schon unzählige Male gesehen, und die Bücher haben sie auch schon."

Ihr Dad hatte sie abgesetzt. Bedeutete das eine Scheidungssituation? Allie hatte ihm mal anvertraut, dass die Beziehung zu ihrem Mann steinig war. „Ist dein Mann auch ein wenig geblieben?"

Ihr Gesichtsausdruck wurde verschlossen. „Nein, er unterstützt ungern Arbeit, die so wenig Geld einbringt. Er hat draußen gewartet."

„Es geht doch nicht ums Geld", schnaubte er und war ihretwegen wütend auf ihn. „Es geht darum, dass du dein Talent nutzt, das tust, wofür du geboren bist."

Sie blinzelte schnell und stieß einen Atemzug aus. „Wie ist es dir ergangen, Vinny? Ehrlich. Ist alles in Ordnung?"

Er schob die Hände in die Taschen, seine Finger stießen gegen die Nachricht. Er ließ sie da. „Mir geht es gut. Meine Schwiegermutter musste sich viel um meinen Schwiegervater kümmern, also hab ich das Kochen gelernt. Es geht ihm nicht so gut."

„Das tut mir leid."

„Ja. Ich musste einen Babysitter für die Jungs einstellen." Er nickte einmal. „Wir hängen alle da drin."

Sie schenkte ihm ein kleines, mitleidiges Lächeln. „Ich bin beeindruckt, dass du jetzt nicht nur ein großartiger Dad und hervorragender Zimmermann bist, sondern auch noch kochst."

Bei dem Kompliment wurde er rot. Sie wusste, wie viel ihm die Jungs bedeuteten, und sie hatte das Bücherregal, das er ihr als spontanes Abschiedsgeschenk gemacht hatte, bewundert. Er zog seine Hände aus den Taschen und gestikulierte, während er sprach. „Nur einfachen Kram. Sauce, Ravioli, Ziti, Manicotti."

„Das Beste der italienischen Küche. Ich wünschte, ich könnte so kochen."

Beinahe hätte er ihr angeboten, es ihr beizubringen, doch dann dachte er sich: Nein. Sie war verheiratet. Das Hochzeitsgelübde war ihm heilig. Er hatte nicht das Recht, etwas mit ihr anzufangen. An allererster Stelle musste er an seine Kinder denken und der Vater sein, den sie brauchten.

„Vinny, hättest du Lust, mit mir mal einen Kaffee trinken zu gehen?", fragte sie leise. „Nur, du weißt schon, ein wenig reden."

Er sah in ihre blauen Augen und bemerkte ihre Sehnsucht. Sie wollte ihm näherkommen, wie er sich zu ihr hingezogen fühlte, mehr von ihr wollte. Das konnte nichts Gutes geben. Da war etwas, etwas jenseits der Freundschaft, und er musste dem ausweichen. Wenn sie Zeit miteinander verbrachten, hätte es diesen Funken nur ermuntert, weiter aufzuflammen.

Er schluckte kräftig. „Ich glaube, das wäre keine gute Idee."

„Oh." Sie lehnte sich zurück, ihr Gesichtsausdruck verkrampft. „Okay."

Mist. Das Letzte, was er gewollt hatte, war, ihre Gefühle zu verletzen. „Ich sage das bloß, weil ..." Er steckte seine Hand wieder in die Tasche, umfasste die Nachricht, nahm ihre Hand, schüttelte sie und gab ihr zugleich den Zettel. „Ich bin nicht an deiner Freundschaft interessiert. Lebwohl."

Sie machte ganz große Augen, ihre Hand legte sich um den Zettel. „Lebwohl", flüsterte sie.

Er drehte sich um und ging davon, seine Beine waren ein wenig wacklig wegen des Risikos, das er gerade eingegangen war. Er schnappte sich Nico auf seinem Weg nach draußen gerade, als Vince mit Angel an der Hand im Foyer auftauchte.

„Lasst uns gehen", sagte Vinny.

„Kriegen wir jetzt ein Eis?", fragte Vince.

„Japp. Ihr habt das großartig gemacht."

„Ja!" „Jippieh!" „Eis!", brüllten sie noch in der Bibliothek.

Er war zu sehr mit seinen Gedanken beschäftigt, um sich die Mühe zu machen und ihnen zu sagen, dass sie still sein sollten. Denn er hatte Allie gerade gesagt, dass, wenn er nachts nicht schlafen konnte, wenn die Finsternis ihn verschluckte, er an sie und ihr Licht dachte, und dass ihm das Frieden brachte.

Er hatte ihr seine Seele entblößt, denn er wusste, dass er sie nie wiedersehen würde.

4

Allie verwahrte seine Nachricht zusammen mit seiner Weihnachtskarte in ihrem Bildband, ein geheimer Schatz, versteckt an einem sicheren Ort. Dieser große, kräftige Bauunternehmer hatte eine Seele. Seine dunkelbraunen, von dicken Wimpern gerahmten Augen, die einmal solch eine Traurigkeit ausgestrahlt hatten, hätten für sie ein Hinweis sein sollen. Jetzt zeigten seine Augen solch eine Wärme. Und sein Lächeln — blitzende Weiße gegen seine gebräunte Haut und ein Hauch von Stoppeln an seinem starken Kiefer — war ein willkommener, unerwartet sexy Anblick. Sein tief kollerndes Lachen hatte Freude in ihr Herz gebracht.

Sie hatte nie einen Mann kennengelernt, der sich so offen ausdrücken konnte. Und zu wissen, dass sie eine Wirkung auf ihn hatte, dass sie ihm Frieden gebracht hatte, als er es besonders gebraucht hatte, grenzte an ein Wunder. Irgendwie hatten sie, trotz all der Schranken zwischen ihnen, all der oberflächlichen Unterschiede in ihrem Leben und ihrer Situation, eine Verbindung. Und ein Jahr später waren sie immer noch verbunden. Wie konnte das sein, nachdem sie einander so lange nicht gesehen hatten?

Sie musste zurückschreiben.

Sie wartete bis Montagmorgen, als ihr Mann für die Woche wieder in die Stadt fuhr, ihre Jungs in der Schule waren, und nutzte die Stille ihres Ateliers. Sie holte Papier und einen Stift hervor und hielt inne. Sie kannte seine Privatadresse nicht. Sie konnte solch einen Brief nicht an seinen Betrieb schicken, wie sie es mit der Einladung getan hatte. Den hätte jeder öffnen können, und das hier war persönlicher. Sie schüttelte den Kopf über sich. Was hatte sie sich gedacht? Sie könnten Brieffreunde werden?

Er hatte ihr seine Seele offengelegt, ihr gesagt, wie viel sie ihm bedeutete. Sie kannten einander nur von den sechs Wochen. Man musste sich nur vorstellen, sie hätten mehr Zeit zusammen gehabt.

Sie konnte nach ihm suchen. Sie wusste jedoch nicht, in welcher Stadt er wohnte, und war sich nicht sicher, wie viele Marinos es in der Gegend gab.

Ach was. Sie schrieb einfach zurück. Das hieß ja nicht, dass sie den Brief auch absenden musste.

Lieber Vinny,

Als ich dich das erste Mal gesehen habe, war ich wie erstarrt, so traurig sahen deine Augen aus. Denn auch ich habe eine solche bis in die Knochen dringende Traurigkeit empfunden. Und ich weiß jetzt, was du durchgemacht hat und dass mein Schmerz nicht einmal annähernd an deinen heranreicht. Dein Verlust tut mir leid.

Doch ich weiß, wie es ist, wenn man sich traurig fühlt, einsam, gefangen in einer Ehe. Ich kam aus dem College und war überstürzt schwanger und in einer Ehe. Du weißt ja, was man sagt, früh gefreit, lang gereut. Nun, da ist was dran.

Auch du warst für mich ein Licht in der Dunkelheit. Ich war dabei, mich selbst zu verlieren, und als ich mich dann auf dich und deinen Schmerz konzentriert habe, während du etwas für mich so Wichtiges gebaut hast, mein Atelier, da ist einfach alles zusammengekommen, und du bist für mich das Licht geworden. Du hast mich dazu gebracht, an mich selbst zu glauben, und ich werde dir dafür ewig dankbar sein. Ich bin zweiunddreißig Jahre alt, und endlich weiß ich, was meine Aufgabe im Leben ist.

Ich verstehe, warum du zögerst, dich mit mir zu treffen,

mit einer verheirateten Frau, denn auch ich habe das empfunden. Diese Energie zwischen uns, das ist ... mehr. Ich wünschte, wir hätten einander unter anderen Umständen kennengelernt.

Bleib der wundervolle Vater und Mann, der du bist.

Allie

Sie legte den Brief in ihren Bildband, neben seinen, und stellte sich vor, sie hätten die Unterhaltung, die sie im wahren Leben niemals führen würden.

Verrückt.

Zurück an die Arbeit. Keine Briefe mehr, keine Tagträume, kein Was-wäre-wenn.

Doch durch diesen schlichten Brief von Vinny hatte sich für sie etwas verändert. Sie verbrachte die Woche wie in einem Nebel, fragte sich zum ersten Mal, was sie glücklich machen würde. Wäre sie ohne ihre Ehe glücklicher? Vielleicht. Doch sie musste es aus den richtigen Gründen tun. Nicht für Vinny, weil das vielleicht nicht einmal funktionierte. Sie musste nicht nur an sich denken, sondern auch an ihre Kinder. Sie war sich sicher, dass sie das volle Sorgerecht bekäme, denn William hatte kein Interesse an seinen Söhnen, doch sie würde um Unterhalt kämpfen müssen. Es würde eng werden. Mit den Illustrationen konnte sie nicht ansatzweise die Rechnungen bezahlen. Sie würde einen Vollzeitjob brauchen, müsste ihre Zeit mit den Kindern aufgeben, ihre Zeit für die Kunst. Sie würde ein sicheres Leben gegen die Ungewissheit eintauschen, und sie fürchtete die Nachwehen für die Jungen.

Bis Freitagmorgen, als sie die Jungs zur Schule geschickt hatte, war sie sich im Klaren darüber, was sie tun musste, nämlich absolut nichts. Der Status quo war das, was die Kinder brauchten, und sie würde ihr Glück eben in der Kunst finden. Das zu tun war vernünftig. Das Richtige.

Sie öffnete die Tür zu ihrem Atelier und schlug sich die Hand vor den Mund.

Auf dem Boden vor ihr lag ein Umschlag, auf dem ihr

Name stand. Sie erkannte Vinnys große, selbstsichere Schrift. Er hatte ihn entweder gestern Abend oder heute ganz früh unter der Tür durchgeschoben. Heute war Schule. Es musste heute Morgen gewesen sein, vielleicht auf seinem Weg zur Arbeit.

Mit zitternden Fingern hob sie ihn auf und verschloss die Tür hinter sich. Ihr Herz pochte in ihren Ohren, als sie den Brief aus dem Umschlag zog. Er war kurz und auf den Punkt.

Allie,
    Ich hätte das sagen sollen, als ich dich gesehen habe. Wenn sich bei dir etwas ändert, dann treffen wir uns auf diesen Kaffee.
    Vinny

Er hatte seine Telefonnummer und seine Adresse hinzugesetzt.

Sie stand eine geschlagene Minute da, starrte auf den handschriftlichen Brief, dann wurde sie aktiv. Sie schob ihn in ihren Bildband, nahm den Brief, den sie geschrieben, aber nie abgeschickt hatte, versah ihn mit seiner Adresse, klebte eine Marke drauf und ging die Straße hinunter, um ihn einzuwerfen.

In dem Moment, als sie den Briefkastendeckel schloss, traf sie das Bedauern. Sie öffnete ihn und versuchte, ihn wieder herauszuholen, schob ihren Arm in den engen Schlitz, schnappte nach Luft. Sie sah hinein. Alles war so dunkel, dass sie ihn da drin nicht einmal sehen konnte.

Mist. Was hatte sie da nur angefangen?

〜

Liebe Allie,
    Ich habe mich über deinen Brief gefreut. Ich schätze, wir waren genau das füreinander, was wir gerade brauchten. Wenn ich noch bei dir arbeiten würde, würde ich dich jetzt vermutlich nach deinen Jungs fragen, wie geht es ihnen? Sind

Gabe und Luke immer noch verrückt nach Mario? Wie geht es Jared mit seinem Skateboardfahren? Ich hoffe, er ist nicht wieder in irgendwelchen Bäumen hängen geblieben. Meinen Jungs geht es gut. Vince beweist, dass er einen großartigen Arm als Pitcher hat, und Nico hat im letzten Spiel gerade einen Grand Slam hingelegt. Angel geht es auch gut, obwohl der Trainer ihm gesagt hat, er müsse den Ball mehr als einmal anschauen. Er sieht immer an der dritten Base nach unten und spielt im Dreck. Vielleicht ist Baseball einfach nicht sein Sport.

Wie geht es dir? Arbeitest du an einer neuen Buchserie? Ich hoffe, deine Arbeit in vielen Büchern sehen zu können. Ich bin mir sicher, dass es eine Menge Kinder glücklich machen wird, sie zu sehen. Sie ist schön und realistisch, aber besser als die Realität, wenn das irgendwie einen Sinn ergibt. Ich rede dummes Zeug.

Ich hänge hier fest, hab so viel zu tun wie immer mit der Arbeit und den Jungs. Kann mich nicht beschweren. Alle sind gesund. Außer mein Schwiegervater. Er ist jetzt in einem Hospiz. Das Leben ist kurz. Jetzt mache ich mich selbst depressiv, also höre ich besser auf. Mal für mich einen Sonnenschein. Ich könnte ein wenig von deinem Licht in meinem Leben gebrauchen.

Vinny

Vinny,

Hier drin findest du deinen Sonnenschein. Ich habe Buntstifte dafür benutzt. Das mit deinem Schwiegervater tut mir leid. Das Leben ist manchmal ätzend.

Meinen Jungs geht es gut. Alle drei haben gerade Zeugnisse mit glatten Einsen bekommen. Ich darf wohl von einigen Collegerechnungen in der Zukunft ausgehen. Vielleicht sollte ich eine Niere verkaufen. Ha! Oder eine Million Bücher. Ich schicke mein Portfolio an einen Haufen Herausgeber und hoffe, dass ich einen Auftrag bekomme. Vielleicht schreibe ich eines Tages auch den Text zu meinen

Bildern, dann bekomme ich sämtliche Tantiemen und nicht bloß die Hälfte. Ich muss mir nur eine niedliche Sache einfallen lassen, die den Kindern gefallen könnte. Irgendwie glaube ich nicht, dass ‚Esst euer Gemüse und geht zeitig zu Bett' der Burner wäre.

Ich denke oft an dich und hoffe, das Leben meint es gut mit dir.

Gabe ist mit einem blauen Auge aus der Schule gekommen, das ihm irgendein Raufbold in der Schule verpasst hat. Der Junge wurde vom Unterricht suspendiert. Ich weiß nicht, was ich tun soll, damit das nicht wieder passiert. Sein Dad sagt, er müsse tougher werden. Ich denke, ich sollte ihn vielleicht auf eine andere Schule schicken. Was meinst du?

Allie

Allie,

Ich würde Folgendes tun. Sprich mit den Eltern des Kindes darüber, dass das nicht wieder passieren darf. Dann würde ich mit Gabe über Selbstverteidigung sprechen. Er muss grundlegende Dinge wissen, einem Schlag ausweichen, einen Schlag landen, dabei aber den Daumen außen auf den Fingern halten, nicht darunter. Manchmal ist das einzig Wirksame gegen einen Raufbold, wenn man ihn seine eigene Medizin kosten lässt. Wenn sein Dad ihm das nicht beibringen kann, bring Gabe zu jemandem, der es kann. Wenn es nicht anders geht, soll er einen Karatekurs besuchen. Und sag ihm, er soll sich mit dem größten Jungen in seiner Klasse anfreunden. Was denkst du, wie ich so beliebt geworden bin?

Erzähl mir von dir, wie du deine Tage verbringst, wann du besonders glücklich bist. Ich stelle mir das gerne vor.

Vinny

Vinny,

keine blauen Augen mehr. Gabe sagt, dass jetzt alles okay sei. Ich hoffe, das stimmt. Ich bin mit ihm zu einem Karatekurs gegangen, doch das hat ihm überhaupt nicht gefallen, deswegen ist er nicht über die kostenlose zweiwöchige Probezeit hinausgekommen. Er hat sich mit dem größten Jungen in seiner Klasse angefreundet, Shane, ein sehr netter Junge mit leuchtend roten Haaren.

Besonders genieße ich das Malen im Morgenlicht, wenn im Hintergrund Musik spielt, etwas mit einem guten Beat, zu dem ich tanzen kann.

Wann bist du denn besonders glücklich?

Allie

Allie,

Ich bin besonders glücklich, wenn ich einen Brief von dir bekomme.

Vinny

Sie drückte den Brief an ihre Brust, ihr traten die Tränen in die Augen. Den Effekt hatte der Brief das erste Mal gehabt, dass sie ihn gelesen hatte, und jetzt, da sie ihn zum millionsten Mal nach einem ganzen Jahr voller Briefe las, war er noch genauso mächtig. Schlicht, auf den Punkt und doch packte er sie an der Kehle.

Ein Jahr voller Briefe.

Zu viele, um sie noch in ein Buch zu stecken. Sie verwahrte sie mit einer rosa Schleife zusammengeknotet auf dem Boden über ihrem Atelier. Sie schickte ihre Briefe immer über den Briefkasten in ihrer Straße, er brachte seine früh am Freitagmorgen vorbei. Unschuldige Briefe und doch auch nicht. Sie sehnte sich nach mehr. Sie wollte ihn sehen, ihn hören, bei ihm sein. Die Distanz zwischen ihnen war ein Problem, gegen das nur sie etwas tun konnte. Sie schrieb ihm einen letzten Brief und wusste, dass er zwischen den Zeilen lesen würde.

Vinny,

ich muss eine sehr schwierige Entscheidung treffen auf Grund unserer tiefer werdenden Freundschaft. Ich werde mich bei dir melden, um dir zu sagen, zu welchem Schluss ich gekommen bin. Bis dahin wird dies mein letzter Brief sein. Schreib mir bitte nicht wieder. Ich muss nachdenken.

Allie

Vinny respektierte ihren Wunsch. Sie hörte nicht mehr von ihm. Sie wartete noch einen weiteren Monat, um sich sicher zu sein, dass sie es aus den richtigen Gründen tat, dann stellte sie sich William. Er kam spät am Freitagabend aus der Stadt zurück. Sie hatte es so arrangiert, dass die Jungs bei Freunden übernachteten.

Zum ersten Mal seit Langem musterte sie ihren Mann, als er die Küche betrat, immer der erste Raum, in den er nach seiner Rückkehr ging. Er sah viel älter als neununddreißig Jahre aus. Er hatte jetzt gemeinsam mit einem Partner seine eigene Anwaltskanzlei, wie er es seit seinem Abschluss in Jura gewollt hatte. Er arbeitete eine ungesunde Zahl an Stunden, und das forderte seinen Tribut. Sein hellbraunes Haar wurde schütter, er hatte Tränensäcke unter den Augen, Falten im Gesicht, und seine Haut war blass und fahl, als hätte er die Sonne seit Jahren nicht gesehen. Wenn er am Wochenende zu Hause war, machte er meist nur Nickerchen oder sah fern. Einen Moment lang fühlte sie sich beinahe schlecht, dass sie einen Keil in sein Leben treiben würde. Vermutlich wollte er nichts mehr als noch spät zu Abend zu essen und sich vor den Fernseher zu hocken. Doch sie musste jetzt an ihre eigenen Bedürfnisse denken, nicht an seine. Sie hatte einen bezahlbaren Anwalt gefunden, der ihr helfen würde, obwohl sie wusste, dass William, mit seiner anwaltlichen Expertise, es ihr nicht leicht machen würde.

Sie atmete einmal tief ein, als er auf dem Weg an ihr vorbei zum Kühlschrank ging. „William, ich möchte die Scheidung."

Er drehte sich zu ihr um, sein Ausdruck unverändert, müde und ausgelaugt. Vielleicht hatten sie beide gewusst, dass es unvermeidbar war. „Okay."

„Okay." Sie atmete zitternd aus. „Ich möchte das volle Sorgerecht für die Kinder."

„Sollst du haben. Ich werde mich dieses Wochenende von ihnen verabschieden und ziehe dann ganz in die Stadt."

Ihr Magen verkrampfte sich wegen seiner Gleichgültig-keit. „Du klingst nicht überrascht. Oder wütend deswegen. Für mich war das eine schwierige Entscheidung."

Er fuhr sich mit einer Hand durchs Haar. „Ich denke, wir wissen beide, dass diese Ehe schon vor langer Zeit gestorben ist."

„Warum hast du nichts gesagt?"

Er hob eine Schulter. „Du bist eine gute Mutter. Ich dachte, das reicht."

Zorn wallte in ihr auf. „Hättest du dich von mir scheiden lassen, wenn ich nichts gesagt hätte?"

Er presste seine Lippen zu einer flachen Linie zusammen. „Ich dachte, es wäre besser, wenn es auf Gegenseitigkeit beruhe."

Vermutlich aus rechtlichen Gründen. Ihr Zorn brauste auf. „Das tut es definitiv!"

Er sah sich in der Küche um, stieß einen Seufzer aus und sagte: „Dann werde ich zum Essen heute wohl ausgehen. Wann sind die Kinder zu Hause?"

„Morgen Mittag."

„Dann komme ich vorbei, um mich zu verabschieden. Mein Anwalt meldet sich Montagmorgen bei dir. Lebwohl, Allie."

„Lebwohl."

Er ging, so kalt und distanziert wie immer.

Sie starrte auf den Boden. Nicht ein Hauch von Scham oder das Gefühl von Versagen durchfuhr sie. Seine kalte Abfuhr hatte bloß bestätigt, dass sie das Richtige getan hatte. Ein Schluchzen kam auf. Sie sank zu Boden und weinte über all die vergeudete Zeit, all das Elend, das sie durchgemacht hatte, während sie gedacht hatte, es wäre für die Kinder so am besten, obwohl das alles keine Rolle gespielt hatte. Er war ein kalter, harter Mann, der überhaupt keine Liebe für sie empfand. Sie war sich nicht sicher, ob er seine Kinder liebte. Er erwärmte sich nur dann für die Kinder, wenn sie gute Noten mit nach Hause brachten. Er wollte, dass sie in seine Fußstapfen traten und in seine Kanzlei eintraten. Doch dachte er jemals daran, was für sie am besten war? Was sie mit ihrem Leben anfangen wollten?

Nach einer Weile beruhigte sie sich und ging zurück in ihr Atelier, wo sie immer am glücklichsten war. Vielleicht würde sie ausziehen müssen, wenn alles durch war, doch noch hatte sie ihr kleines Atelier.

Am Montagmorgen wüsste sie besser Bescheid, was die Zukunft für sie bereithielt.

5

———

Ein Monat verging.

Dann ein weiterer Monat.

Drei Monate.

Als es fast vier Monate waren, musste Vinny sich den Tatsachen stellen. Allie hatte eine Entscheidung getroffen. Sie wollte ihr Leben nicht aufwühlen, und er verstand weshalb. An allererster Stelle kam das Wohlergehen der Kinder. Also keine weiteren Briefe. Er musste weiterleben. Nicht, dass er daten wollte. Diese Sache mit Allie war so viel mehr gewesen als das, eine tief bedeutungsvolle Freundschaft, wie sie gesagt hatte.

Freitage erinnerten ihn immer an sie. Das war der Tag, an dem sie ihm immer etwas Selbstgekochtes gegeben hatte, und der Tag, an dem er an ihrem Atelier vorbeiging, um ihr einen Brief unter der Tür durchzuschieben. Jetzt war es nichts.

Er fuhr von der Arbeit nach Hause und dachte einfach ans Wochenende. Es war September, und die Jungs waren wieder in der Schule und beim Sport. Vince und Nico hatten Footballspiele. Angel hatte Fußball. Das Leben war gut. Er hatte Dinge, auf die er sich freuen konnte; sein Leben mit den Kindern war sehr erfüllt.

Er bog in seine Einfahrt, parkte und holte die Post. Er blätterte durch die üblichen Rechnungen und Werbesendungen und erstarrte. Ein Brief von Allie. Sein Adrenalin stieg an — Herzklopfen, Schweißperlen auf der Stirn. Er stieg zurück in den Truck und starrte ihn einen Moment lang an, bevor er ihn aufriss.

Vinny,

meine Scheidung ist jetzt offiziell. Nicht deinetwegen. Ich war seit Jahren sehr unglücklich. Meine Jungs haben sich bei ihren Besuchen bei ihrem Dad an den Wochenenden aufgeführt, aber zu Hause sind sie gut drauf. Ich habe das volle Sorgerecht, wie ich es mir erhofft habe, und ich habe das Haus bekommen, wie ich es wollte, damit sich das Leben der Jungs so wenig wie möglich verändert.

Was ich sagen will, ich bin jetzt in einer viel besseren Position. Wie wäre es mit dieser Tasse Kaffee?

Allie

Freude durchfuhr ihn, dann setzte Nervosität ein. Das hier war die Einladung, etwas anzufangen. Seitdem er siebzehn Jahre alt gewesen war, war er nur einer Frau hingegeben gewesen. Jetzt war er achtunddreißig. Wäre es für Maria okay, wenn er eine andere Frau träfe? Wäre es für seine Schwiegermutter, die sich immer noch sehr in sein Leben und das seiner Jungs einmischte, in Ordnung? Würden seine Jungs, die ihre Ma immer noch sehr vermissten, damit klarkommen, wenn er weiterlebte? War er bereit, weiterzuleben?

Er schluckte kräftig. Jetzt war es an ihm, eine schwierige Entscheidung zu treffen.

In jener Nacht tat Vinny etwas, das er seit langer Zeit nicht getan hatte. Er holte sein gerahmtes Hochzeitsbild aus der Nachttischschublade und stellte es auf den Nachttisch. Zuvor hatte es ihm weh getan, es anzusehen, sie beide so jung und glücklich zu sehen, weil sie dachten, das ganze Leben läge noch vor ihnen. Maria war nun seit mehr als zwei Jahren nicht mehr da, doch es fühlte sich länger an. Davor war sie fünf Jahre lang dahingeschwunden, nur ein Schatten ihres zuvor so lebhaften Selbst.

Die Jungs schliefen, dennoch sprach er nicht laut. Stattdessen betrachtete er ihr Bild und sprach im Kopf mit ihr. Er gestand, wie einsam er gewesen war, wie traurig, dass er manchmal nicht hatte schlafen können, weil die Trauer ihn so sehr belastete und die Verantwortung, die er trug. Er bat um ihre Erlaubnis, weiterleben zu dürfen.

Er bekam nichts.

Sie war einfach nicht mehr da, und kein noch so großes Wünschen, Hoffen oder Beten würde daran etwas ändern.

Den Rest des Wochenendes über war er aufgewühlt. Es gefiel ihm gar nicht, wenn er sich nicht entscheiden konnte, was er tun sollte. Er mochte es, einen klaren Weg nach vorn zu haben, doch während er seine Zeit damit verbrachte, seinen Kindern vom Spielfeldrand aus zuzujubeln, sonntägliche Dinge zu erledigen wie Essen und neue Klamotten für Vince zu kaufen, wusste er nur eins — er wollte Allie wiedersehen. Er wusste nicht, ob das hieß für eine Tasse Kaffee oder eine Beziehung oder was auch immer. Er schwankte hin und her, was seine Absichten anging. Er wollte Klarheit, denn das Letzte, was er wollte, war, ihr wehzutun.

Sonntagsabendessen im Haus seiner Schwiegereltern hieß, dass er sich ums Essen kümmern musste. Zum ersten Mal überwachte Loretta ihn nicht. Stattdessen saß sie im Wohnzimmer und hielt die Hand ihres Mannes, während der sich im Sessel ausruhte. Sein Schwiegervater, Mike, war vom Hospiz nach Hause geschickt worden, um in der Wärme seines eigenen Hauses zu sterben. Seine Jungs saßen auf dem Sofa und sahen sich eine Show an.

Nachdem er das Essen auf den Esszimmertisch gestellt hatte — zwei Auflaufformen mit Lasagne, warmes italienisches Knoblauchbrot und Salat —, erklärte Loretta, dass er jetzt offiziell ein italienischer Koch sei. Es hatte bloß zwei Jahre und viele Zurechtweisungen gekostet, doch er hatte seinen Anschluss geschafft.

„Danke, Loretta. Das waren nur deine großartigen Rezepte." Sie schrieb nichts auf, alles war topsecret und wurde nur von einem zum nächsten weitergegeben.

„Du hast es gut gemacht, Vinny", sagte sie. „Du hast für

deine Jungs getan, was du tun solltest, damit sie das Kochen ihrer Mutter kennenlernen."

„Das ist Mas Rezept?", fragte Vince.

„Das sind Familienrezepte", antwortete Loretta. „Seit Generationen weitergereicht. Und jetzt habe ich sie an euren Dad weitergegeben, damit er die Tradition aufrechterhält. Hoffentlich bringt er es eines Tages euch oder euren Frauen bei."

Vince verzog angewidert den Mund. „Frauen! Igitt!"

„Ekelhaft", fügte Nico hinzu.

„Aber ich möchte eine Frau", sagte Angel, worauf alle lachen mussten. Er hatte von seinem ersten Schuljahr noch einen weiten Weg vor sich, bis er eine Frau bekam.

Loretta wedelte mit ihrem Finger in Richtung der Jungs. „Vince und Nico, in ein paar Jahren denkt ihr vielleicht ganz anders darüber."

„Auf keinen Fall!", erklärte Vince. Nico stimmte von ganzem Herzen zu.

Er und Loretta tauschten einen amüsierten Blick aus. Mike blieb in seinem Sessel und sah fern. Er aß jetzt nur noch sehr wenig.

Nach dem Abendessen machte Loretta sich wie üblich daran, die Teller zu spülen. Das war der Deal. Vinny kochte; Loretta räumte auf. Doch dieses Mal folgte Vinny ihr und bot an abzutrocknen, während sie spülte.

Ein paar Minuten arbeiteten sie schweigend, dann drehte sie sich zu ihm um. „Was ist los?"

„Was meinst du?"

„Du bist aus einem bestimmten Grund hier. Was ist es?"

„Geht es dir gut? Ich meine mit Mike und allem."

Sie atmete einmal tief ein, sah zur Decke und dann wieder zu ihm. „Es wird ein Segen für ihn sein. Er hat Schmerzen und will nicht mehr leiden. Für mich? Ich werde trauern. Ich werde sein Gedächtnis ehren. Und für meine Enkel werde ich so lange weitermachen, wie ich kann." Sie war eine starke Frau.

„Es tut mir leid."

Sie drückte seinen Arm. „Du und ich haben ganz schön

was durchgemacht. Erst Maria, jetzt Mike. Ich dachte, ich würde Marias Sterben nicht überstehen."

„Ich musste wegen der Jungs."

Sie lächelte ihn verstohlen an. „Ich auch."

Sie machte sich wieder ans Spülen, und seine Gedanken wanderten zu Allie. Er hatte so viel verloren, das Leben war so verdammt kurz, und er wollte ihr Licht in seinem Leben.

Er sprach über den Kloß in seiner Kehle hinweg. „Ich habe jemanden kennengelernt."

Loretta hielt inne und stellte das Wasser aus. Sie sah ihn nicht an, starrte einfach nur vor sich hin. „Wen?"

„Sie heißt Allie. Sie ist eine alleinerziehende Mutter mit drei Jungs, die ungefähr so alt sind wie meine."

Sie schloss die Augen, als hätte sie Schmerzen.

„Loretta?"

„Ist es was Ernstes?"

„Wir waren noch bei keinem Date. Ich habe darüber nach-gedacht. Ich weiß nicht, ob es das Richtige ist für die Jungs. Ich weiß, sie vermissen ihre Ma. Ich vermisse sie auch." Er ließ die Schultern sinken. „Ich weiß es nicht." Die Traurigkeit zog ihn erneut herunter.

Sie drehte den Wasserhahn wieder auf, bis zum Anschlag, und begann, wie wild eine Auflaufform zu schrubben. Es war offensichtlich, dass sie nicht wollte, dass er nach ihrer Tochter weitermachte, doch er war so einsam gewesen. Maria war alles gewesen, und dann war da nichts.

„Loretta."

Sie ignorierte ihn.

Er rieb sich den Nacken. „Ich werde vorsichtig sein. Ich werde ihr die Kinder nicht einmal vorstellen, bis ich nicht sicher weiß, dass es etwas Festes ist. Ich möchte ihnen nicht mit einem weiteren Verlust wehtun."

Sie drehte sich um, und ihre Augen verengten sich. „Du wirst nicht mit mir über eine andere Frau sprechen."

Sie drehte sich zum Abwasch zurück, ihre Bewegungen waren abgehackt. Ein Teil von ihm hatte auf ihren Segen gehofft, fast wie auf Marias Segen. Er stieß einen Atem aus, drehte sich um und verließ die Küche, war sich absolut nicht sicher, was jetzt das Richtige war.

~

Allie wartete nervös im Eingang eines Diners in Eastman, kurz nach Mittag am Montag. Vinny hatte ihren Brief am Freitag bekommen, und keine drei Tage später war sie hier und kurz davor, zum ersten Mal seit Jahren einen Mann zu treffen, der das Potential für mehr hatte. Sie hatte so früh geheiratet, war erst neunzehn gewesen, und hatte Gabe mit zwanzig bekommen. Sie hatte überhaupt erst mit einem Mann geschlafen. Ihr Herz raste. Vielleicht war sie noch nicht bereit dafür.

Sie fuhr sich mit einer zittrigen Hand durchs Haar. Vinny arbeitete in einem Bürogebäude auf der anderen Straßenseite und würde jeden Moment hier sein. Er hatte sie gestern Abend angerufen. Das war das erste Mal gewesen, dass sie am Telefon gesprochen hatten, und von seiner warmen tiefen Stimme in ihrem Ohr hatte ihr Bauch tatsächlich geflattert. Sie hatte aufgelegt und war die halbe Nacht ganz aufgeregt gewesen, dass sie ihn heute sehen würde. Sie hatte ihn seit mehr als einem Jahr nicht gesehen. All diese Briefe waren ihre einzige Verbindung zu ihm gewesen.

„Allie?"

Sie wirbelte herum, die Hitze rauschte in ihre Wangen. Da war er, der seelenvolle Briefeschreiber, der Mann, der vor lauter Muskeln so kräftig war. Sie brauchte einen Moment, um ihn genau zu betrachten. Sein dunkles Haar, seine dunklen Augen und die gebräunte Haut standen in auffallendem Kontrast zu seinem weißen T-Shirt. Seine Schultern waren massig, seine Brust breit, und seine langen Beine steckten in einer verblassten Jeans und Arbeitsstiefeln. Alles an ihm war breit. Seine Körperlichkeit traf sie jetzt in einem völlig anderen Licht — wie sie sich wohl anfühlen würde? Sie bekam eine Gänsehaut, eine urtümliche Reaktion auf unbekanntes Terrain.

Er setzte ein Lächeln auf, das sein umwerfendes Gesicht

erhellte, seine dunkelbraunen Augen blickten sie warm an. Und dann fiel ihr seine Hingabe für seine Söhne ein, für das Gedächtnis seiner Frau, und sie wusste, dass das hier für ihn ein genauso großer Schritt war wie für sie.

Ohne zu zögern trat sie vor und legte für eine warme Umarmung ihre Arme um seine Taille. Er erwiderte die Umarmung, dann löste er sich von ihr und lächelte sie zaghaft an. „Bereit für den Kaffee?"

Die Frage fühlte sich plötzlich so an, als bedeutete sie viel mehr. Ihr Herz pochte in ihren Ohren. War sie bereit dafür?

„Ja."

Ihre Blicke trafen sich für einen intensiven Moment.

Sie konnte den Augenkontakt nicht halten und wandte den Blick ab, ihre Atmung beschleunigte sich ein wenig. Sie musste sich beruhigen. Es war bloß ein Kaffee. Keine Versprechungen für mehr. Er bedeutete der Tischzuweiserin, dass sie bereit für einen Tisch waren.

Allie hätte sich wegen eines Kaffees, der bald zu einem Mittagessen wurde, mit Vinny keine Sorgen machen müssen. Sie machten einfach da weiter, wo sie aufgehört hatten, erzählten dem anderen von ihrem Leben, sprachen hauptsächlich über die Kinder, doch auch darüber, woran sie gerade arbeitete. Seitdem sie das letzte Mal miteinander gesprochen hatten, hatte sie drei Bilderbücher als Illustratorin fertiggestellt. Er sprach darüber, dass es seinem Schwiegervater immer schlechter ging, was sie nicht gerne hörte, und dass er seine Highschoolliebe geheiratet hatte, was sie überraschte. War er genauso unerfahren wie sie, was das Daten anging?

„Ich war nur mit einem Mann zusammen", platzte sie heraus, und ihre Wangen brannten. *Halt die Klappe!* Gott, sie war schlimmer als ein Teenager bei seinem ersten Date. Sie war auf peinliches Mom-bei-einem-Date-Territorium gerutscht. So peinlich.

Er beugte sich vor und senkte die Stimme. „Und ich war nur mit einer Frau zusammen. Schätze, da haben wir was gemeinsam."

Sie nickte, beruhigte sich ein wenig, erleichtert, dass sie

mit ihrer Nervosität und Aufregung nicht allein dastand, während sie einen Zeh in den Datingpool tauchte. „Du wirkst immer so entspannt, ich hätte nie gedacht, dass das für dich auch neu ist."

Er neigte seinen Kopf. „Ich bin einfach nur glücklich, dass ich dich kennengelernt habe. In all diesen Jahren habe ich mich zu keiner anderen Frau hingezogen gefühlt."

Ihr Bauch flatterte, ihr Herz pochte. Sie befeuchtete sich die Lippen, und er beobachtete die Bewegung. Ihr Inneres verkrampfte sich daraufhin, ihr Kopf war vollkommen leer. „Ich — ich weiß nicht, was ich sagen soll. Ich bin ein wenig überwältigt."

Er lächelte, ein charmantes sexy Lächeln, bei dem die Schmetterlinge in ihrem Bauch durchdrehten. „Sag bitte ja dazu, am Samstagabend mit mir Essen zu gehen."

Sie hatte ihn zuvor nicht oft lächeln sehen. Er war wahnsinnig gutaussehend. Sie hätte das einschüchternd gefunden, hätte sie ihn unter anderen Umständen kennengelernt. Doch sie kannte diesen Mann, kannte ihn auf einem tieferen Level als die meisten Menschen in ihrem Leben. „Sehr gerne. Ich muss einen Babysitter finden, aber ich sag dir Bescheid."

Er setzte ein breites Lächeln auf. „Großartig."

„Vinny, du bist atemberaubend."

Er lachte, seine dunklen Augen funkelten amüsiert. „Das hat noch nie jemand zu mir gesagt. Danke."

„Ich würde dich gern mit diesem Lächeln malen."

„Sorg weiter dafür, dass ich lächle, dann kannst du das tun."

Sie wurde rot, starrte auf den Tisch, fuhr mit ihren Fingern über die Kante. „Ich bin, was das Daten angeht, total aus der Übung. Das ist mein erstes Date, seit ich ein Teenager war."

„Bei mir dasselbe, nur, dass ich achtunddreißig bin. Zusammen bekommen wir das hin."

Sie sah ihm in die Augen. Er verstand. „Wir müssen die Kinder erst einmal aus dem Spiel lassen. Ich glaube, sie sind noch nicht bereit, ihre Mom daten zu sehen. Ihr Dad ist zwar vor vier Monaten ausgezogen, aber trotzdem. Das ist viel verlangt."

„Dann lassen wir die Kinder erst einmal aus dem Spiel."

„Hättest du bei unserem ersten Treffen gedacht, dass wir jemals unser erstes Date planen würden?"

„Nein."

Sie starrte auf den Tisch, schüttelte den Kopf. „Ich auch nicht."

Er hob ihre Hand an seine Lippen und hauchte einen Kuss auf ihre Knöchel, worauf eine elektrische Wärme an ihrem Arm hinaufkitzelte. Er sah mit seinen dunklen Augen in ihre. „Aber ich freue mich, dass wir es tun."

6
———

Das war erst sein zweites erstes Date, doch dieses Mal hatte Vinny die Gabe des Geldes, deswegen reservierte er einen Tisch in einem netten Meeresfrüchterestaurant, da er sich dachte, dass Allie es womöglich gewohnt war, schick essen zu gehen. Nicht einmal, wenn sie Hummer bestellte, würde er zusammenzucken. Ihm kam der Gedanke, dass sie vermutlich durch ihren Anwalt-Ex haufenweise Geld gewohnt war, und auch, wenn er ganz gut über die Runden kam, war er nicht gerade vermögend. Sobald sein Dad nächsten Juni in Ruhestand ging, wäre er in einer besseren Position. Sein Dad würde ihn zu seinem Partner machen und Vinny würde dann den Betrieb übernehmen. Sein älterer Bruder hätte die Hälfte bekommen, doch der war nach Texas gezogen, um im Ölgeschäft zu arbeiten, und hatte nicht mehr zurückgeblickt.

Er konnte von Glück sagen, dass Loretta bereit gewesen war, heute Abend auf die Kinder aufzupassen, obwohl er ihr nicht konkret gesagt hatte, dass es für ein Date war, er hatte bloß gesagt, dass er essen gehen wolle. Sie hatte gewusst, was los war, als er sich für das Essen so schick gemacht hatte und ein Nervenbündel war, doch sie hatte eine Grenze gesetzt — es wurde nicht über eine andere Frau gesprochen — und das respektierte er. Er konnte von seiner Schwiegermutter nicht mehr erwarten. Was machte es schon, dass sie ihm ein

Ausgehlimit setzte und sagte, er müsse die Kinder bis neun abgeholt haben, da sie ihren Schlaf brauchte. Er durfte das nicht persönlich nehmen; sie war eine alte Frau mit einem kranken Mann. Niemals würde er kostenloses Babysitten ablehnen. Wenn es mit Allie gut lief, würde er sich später um die Komplikation mit seiner Schwiegermutter kümmern. Er verkrampfte seinen Kiefer. Mit Loretta konnte es noch sehr, sehr schwierig werden. Die Frau war eine Macht und steckte tief im Familienleben. Er stieß seinen Atem aus. Darüber konnte er sich jetzt keine Gedanken machen, er hatte schon genug damit zu tun, dieses Date einigermaßen hinzubekommen, ohne sich zum Idioten zu machen.

In seinem Minivan fuhr er zu Allies Haus, demselben Haus, in dem er sie kennengelernt hatte zu einer Zeit, die für sie beide viel finsterer gewesen war. Sie hatten ein wenig Glück verdient, oder etwa nicht? Nervosität durchfuhr ihn. Er sah sich im Minivan um, den er erst neulich gewaschen hatte. Er hatte überlegt, ob er seinen Arbeitstruck nehmen sollte, fand jedoch letzten Endes, dass beide nicht gerade sexy Optionen waren. Der Truck war für eine elegante Frau wie sie zu dreckig. Außerdem hatte sie Kinder, sie kannte das. Er stellte im Radio das Spiel an, um sich von seiner Nervosität abzulenken, und schaffte es, einigermaßen cool zu bleiben.

Er parkte in der Einfahrt ihres Hauses, einem großen viktorianischen Haus auf einem riesigen Grundstück mit einem zwei Meter hohen Zaun um den Garten für Privatsphäre. Ein großartiger Garten für die Kinder, dachte er sich, vielleicht sogar einen Hund, wenn irgendjemand Zeit hätte, sich um ihn zu kümmern.

Er ging zur Haustür, klingelte und in den paar Minuten, die er wartete, ging seine Coolness vollkommen verloren, und der Schweiß brach ihm aus. Er war wirklich bei einem Date. Das erste Mal, seit er ein verdammter Teenager gewesen war.

Sie öffnete die Tür, stand in einem tief ausgeschnittenen, ärmellosen grauen Kleid vor ihm, das über dem Knie endete. So sexy. Sie war zierlich, doch an den richtigen Stellen hatte sie sanfte Kurven. Ihr blondes Haar war weich und fiel glatt über ihre Schultern. Eine bunte Schmetterlingskette um ihren

Hals fiel ihm ins Auge. Ihr Puls raste sichtbar unter der blassen Haut an ihrem Hals. Vielleicht war sie genauso nervös wie er. Schon dumm, wenn man so darüber nachdachte. Sie waren jetzt seit zwei Jahren befreundet, obwohl sie sich in der Zeit nicht oft gesehen hatten.

Er hob seinen Blick und sah in ihre strahlend blauen Augen. Sie lächelte, ein kleines schüchternes Lächeln, und sah unter ihren Wimpern zu ihm auf. „Hi", sagte sie leise.

„Ich habe dreimal ein neues Hemd angezogen", platzte er heraus.

Sie lachte. „Mir gefällt, wofür du dich entschieden hast. Schwarz steht dir." Er trug ein schwarzes Hemd zu einer schwarzen Stoffhose, dazu seine guten Anzugschuhe.

„Mir gefällt dein Kleid."

Ihre Wangen wurden rot. „Das habe ich extra gekauft. Die Kette auch. Ein Symbol dafür, dass ich meine Flügel ausbreiten und mein Leben leben werde, wie ich es will."

Meine Flügel ausbreiten und anderes. Eine Vision, wie sie ihre Beine ausbreitete, schickte eine Welle der Lust durch ihn hindurch, die er gnadenlos unterdrückte. Es war gar nicht cool, ein erstes Date mit einem auffälligen Ständer zu beginnen.

Er wandte seinen Blick ab und rieb sich den Nacken. „Das ist gut. Bereit?"

Sie kam heraus und verschloss die Tür hinter sich. „Ich hätte fast keinen Babysitter für heute Abend bekommen. Das Mädchen, das ich sonst dafür nehme, hat überraschend ein Vorstellungsgespräch in der Mall bekommen. Dann habe ich meine Freunde nach ihren Babysittern gefragt, und keiner war verfügbar. Ich musste eine Stunde weit zum Haus meiner Eltern fahren und die Kinder zu ihnen bringen."

Er nahm ihre Hand und begleitete sie zu seinem Wagen. „Du wolltest dieses Date wohl unbedingt."

Sie lächelte. „Schätze schon."

„Ich auch." Er öffnete ihr die Beifahrertür und bekam einen großartigen Blick auf ihr schlankes Bein, bevor er die Tür hinter ihr schloss.

So weit, so gut. Er stieg ein, startete den Wagen und fuhr

aus ihrer Einfahrt. „Ich habe einen Tisch in einem Meeresfrüchterestaurant reserviert. Du magst doch Meeresfrüchte, hoffe ich?"

„Ja."

Schweigen.

Ihm fiel verdammt nochmal nichts ein, was er hätte sagen können. Er überlegte, ob er das Spiel wieder anstellen sollte, doch er dachte sich, dass sie daran vermutlich kein Interesse haben würde. Über die Kinder wollte er nicht reden. Er wollte, dass es heute nur um sie ging.

„Wie war dein Tag?", fragte sie.

„Gut. Das übliche samstägliche Herumgefahre mit den Jungs."

„Weißt du was? Wir lassen diese Small-Talk-Sache. Ich möchte dich besser kennenlernen."

„Das ist für mich in Ordnung, und lass uns nicht über die Kinder reden. Frag mich was."

„Wo bist du aufgewachsen? Wie war deine Familie? Arbeitest du schon immer in der Baubranche? Was ist dein Lieblingssport? Was würdest du tun, wenn du alles Geld und alle Zeit der Welt hättest?"

Er stieß einen Atem aus. „Das sind aber viele Fragen."

„Kam mir gerade so. Du musst nicht antworten, wenn dir das unangenehm ist."

„Ich bin ein offenes Buch. Mal sehen, ich bin in der Stadt aufgewachsen, in der ich auch jetzt lebe, South Norfolk. Es ist da nicht mehr so schön, wie es war, als ich noch ein Kind war, mehr Kriminalität, mit den Schulen geht es bergab, aber da kann ich mir ein Haus leisten, und meine Schwiegermutter wohnt in der Stadt, das ist eine große Hilfe. Ja, das Bauen war schon immer was für mich, der Betrieb ist jetzt seit drei Generationen in meiner Familie, und seit ich einen Hammer halten konnte, hat man mir beigebracht, wie man mit Werkzeugen umgeht. Ich arbeite gern mit meinen Händen, ich mag es, etwas Dauerhaftes zu schaffen."

„Wie mein Atelier."

Er neigte seinen Kopf. „Das war gut für dich, aber keine wirkliche Herausforderung. Das Bürogebäude, an dem wir gerade arbeiten, ist cool, etwas ganz Neues zu bauen. Das ist eine Herausforderung, und ich werde sie bestehen. Was sonst noch? Ach, meine Familie. Nur mein Dad ist noch hier. Wir verstehen uns gut. Mein älterer Bruder lebt in Texas. Meine Ma ist gestorben, als ich fünfzehn war."

„Ach, Vinny, das tut mir so leid."

„Ja. Es kam plötzlich, eins dieser verdammten Sachen. Ein Aneurysma im Gehirn. Sie hat nicht gelitten."

„Himmel, ich wollte kein schmerzhaftes Thema ansprechen."

„Ist schon in Ordnung. Das ist ein Teil von mir, und du wolltest mich kennenlernen. Frag weiter."

„Bist du dir sicher?"

Er gestikulierte, sie solle weitermachen. „Ja, ja."

„Lieblingssport?"

Er grinste. „Football. Als Freshman war ich in der Schulmannschaft. Ich hab es verfickt nochmal geliebt." Er sah kurz zu ihr hinüber. „Ich meine sehr."

„Bei mir musst du dich nicht zurückhalten."

„Allie, du bist eine elegante Dame. Ich glaube, ich habe dich noch nie fluchen gehört."

„Verfickt, verfickt, verfickt."

Als er das aus ihrem süßen Mund kommen hörte, wurde ihm ganz heiß. Er blieb an einem Stoppschild stehen und sah sie an. Sie strahlte und sah aus, als wäre sie stolz auf sich, trotz ihrer Röte im Gesicht. „Du bist so verdammt niedlich."

Sie kicherte. „Und du bist so verdammt gutaussehend."

Er lächelte. „Atemberaubend?"

Sie biss sich auf die Lippe, nickte und lächelte.

Er schüttelte den Kopf, lächelte immer noch. Süß und sexy. Er drückte aufs Gas.

„Was würdest du tun, wenn du alle Zeit und alles Geld der Welt hättest?", fragte sie.

Er dachte darüber nach. „Ich würde das Haus deiner Träume bauen."

„Komm schon! Das würdest du nicht."

„Doch, würde ich."

„Hier soll es um dich gehen."

„Aber ich baue nun mal gern. Und ich mache dich gern glücklich."

Sie schniefte. Als er zu ihr hinübersah, suchte sie gerade in ihrer Handtasche nach einem Taschentuch und wischte sich die Augen. „Weinst du?", fragte er. „Himmel, ich habe die Kontrolle verloren."

„Nein, die hast du noch ganz gut."

„Okay, erzähl mir von dir. Antworte auf dieselben Fragen."

Sie sah auf, bevor sie sich zu ihm zurückdrehte. „Mein Leben ist so langweilig. Ich bin in einem Mittelklassevorort von Connecticut aufgewachsen, zum College gegangen, schwanger geworden, hab nicht mehr gearbeitet und die nächsten Jahre damit verbracht, mich um die Kinder und das Haus zu kümmern. In Sport bin ich grässlich. Früher habe ich gerne getanzt, ich war sogar ziemlich gut im Ballett, aber für das Ideal waren meine Arme und Beine nicht lang genug. Ich war immer im Hintergrund, nie vorne."

„Du warst Teil des Teams."

Sie lachte. „Irgendwie schon, schätze ich. Mit meinen Eltern komme ich ganz gut klar. Ich habe eine jüngere Schwester, die auf Rhode Island lebt. Sie ist Schmuckdesignerin."

„Die kreative Ader liegt also in deiner Familie."

„So habe ich noch nie darüber nachgedacht. Schätze schon. Und wenn ich alle Zeit und alles Geld der Welt hätte, würde ich den ganzen Tag an meiner Kunst arbeiten." Sie hielt inne. „Entschuldige, meine Wünsche sind um einiges egoistischer als deine."

„Das Bauen macht mich glücklich, Dinge zu schaffen macht mich glücklich. Wir sind alle so. Es ist nicht egoistisch das zu tun, was du liebst."

Sie seufzte.

„Was war das für ein Seufzen?", fragte er. Manchmal konnte das Seufzen einer Frau alle möglichen versteckten Bedeutungen haben.

Sie setzte sich aufrechter hin. „Ich mag dich nur einfach sehr."

Er nahm ihre Hand und drückte sie. „Ich auch. Ich mag dich auch, meine ich."

Sie tauschten kurz ein Lächeln aus, und er wusste, dieses Date würde fabelhaft werden.

~

Es erstaunte sie, wie ein Mann, der so sehr wie Vinny nach Macho aussah, solch ein Schatz sein konnte. Doch das war er. Er hielt ihr die Tür offen, zog ihr den Stuhl vor und drückte sich so offen und warmherzig aus. Außerdem war er atemberaubend gutaussehend und sexy, obwohl sie noch nicht so weit war, in diese Richtung zu denken.

Sie hatten beide den Hummer bestellt, eine Spezialität, und jetzt lagen auf ihrem Teller nur noch die Schalen eines köstlichen Mahls.

„Möchtest du ein Dessert?", fragte er.

Sie schüttelte den Kopf. „Von all dem Brot, dem Hummer, dem Kartoffelpüree und dem Gemüse bin ich wirklich satt. Es war alles so wundervoll. Danke, dass du solch ein tolles Lokal ausgewählt hast."

„Ich schätze, du bist schicke Lokale gewohnt."

„Oh." Mist. Vielleicht konnte er sich das hier eigentlich gar nicht leisten. Sie hatte keine Ahnung, wie viel er verdiente, aber er hatte gesagt, er lebe in einer Stadt, mit der es bergab ging, doch er blieb da, weil er es sich leisten konnte. Und sie hatte das Teuerste bestellt, was es auf der Speisekarte gab. „Ich mag schicke Lokale, und das hier ist wirklich schick ... Lass uns doch die Rechnung teilen."

„Auf keinen Fall. Ich habe dich zum Abendessen eingeladen, ich werde zahlen."

Das überraschte sie kein bisschen. Irgendwie war er sehr konservativ, aber nicht so, dass es einem die Luft zum Atmen nahm. Es waren eher gute Manieren und ein starkes Gefühl dafür, was richtig und was falsch war. „Danke dir!"

Er grunzte, sah ein wenig beleidigt aus.

Sie versuchte, die Wogen zu glätten. „Ich bin das Daten nicht mehr gewohnt. Ich dachte, heutzutage teilt man sich die

Rechnung." Er sah sie skeptisch an. „Jedenfalls, für zukünftige Dates, also, natürlich nur, wenn du noch mehr Dates willst —"

„Soll das ein Scherz sein? Natürlich will ich."

„Okay, okay." Sie lachte ein wenig, denn er sah so verstimmt aus. „In Zukunft müssen wir nicht immer in schicken Restaurants essen. Ich mag auch sehr gerne Pizza, Sandwiches, Burger, was auch immer. Das mögen jedenfalls meine Kinder, deswegen machen wir das öfter."

Er nahm ihre Hand und beugte sich vor, seine Stimme klang ganz rau. „Ich wollte dir etwas Besonderes bieten."

Sie schmolz dahin. Dieser Mann war einfach nur umwerfend „Es ist etwas Besonderes, solange wir es zusammen tun."

Einer seiner Mundwinkel hob sich, seine Augen glänzten mit einem verschlagenen Blick. Sie wurde rot, als ihr plötzlich klar wurde, wie sich das angehört hatte — „solange wir es zusammen tun." Sie musste wirklich aufhören, jedes Mal wie ein Schulmädchen rot zu werden, wenn sie an eine körperliche Beziehung mit ihm dachte. Sie war bloß so außer Übung.

Er sagte nichts, lehnte sich nur mit leichtem Grinsen zurück.

„Ich bin damit auch außer Übung", sagte sie.

Er zwinkerte. „Ist wie Fahrradfahren."

Sicher, wenn das Fahrrad ein riesiger heißer Hengst zwischen deinen Beinen war. Wieder spürte sie, wie sie rot wurde. *Denk nicht darüber nach.*

„So verdammt niedlich", sagte er, denn es törnte ihn immer an, wenn sie errötete.

„Wenn ich zurück im Sattel bin, das schwöre ich, ist Schluss mit diesem peinlichen Erröten."

Wieder grinste er, und ihr wurde klar, dass „zurück im Sattel" ebenfalls schmutzig klang. Sie winkte das ab. „Du weißt, was ich meine. Daten ist neu."

Er sah sie wissend an. „Ich verstehe das."

Die unterschwellige sexuelle Spannung zwischen ihnen

beiden war neu und aufregend. Sie wollte es ihm gleichtun, hatte aber keine Ahnung, was sie sagen sollte.

„Ich verstehe das auch."

Er schenkte ihr ein langsames sexy Lächeln, bei dem ihr der Atem stockte. „Weißt du, das klingt richtig gut."

Vielleicht war sie gut im sexy Flirten, denn es lag definitiv immer noch Spannung in der Luft. „Das wäre so richtig gut", erwiderte sie. Okay, sie war doch aus der Übung.

Sein Gesichtsausdruck wirkte halb amüsiert, halb fasziniert.

Der Kellner kam mit der Rechnung, und Vinny zückte rasch sein Portemonnaie und reichte ihm seine Kreditkarte. Allie bedankte sich bei Vinny, dann entschuldigte sie sich und ging zur Damentoilette. Als sie erst einmal da war, frischte sie ihr Make-up auf und steckte sich ein Erfrischungsbonbon zur Vorbereitung auf den Gutenachtkuss in den Mund. Und vielleicht mehr. Ihr Bauch sackte ein wenig ein bei dem Gedanken, doch mit Vinny fühlte sich alles richtig an.

Sie kam zurück an den Tisch und sah noch, wie Vinny sich sorgfältig den Mund mit einer Serviette abwischte. Vielleicht wollte er nur sichergehen, dass er keine Butter vom Hummer mehr an seinem Mund hatte für den Fall, dass sie einander küssen würden. Sie lächelte vor sich hin und setzte sich.

Er streckte ihr seine Handfläche entgegen. „Pfefferminz? Ich hatte schon eins. Die sind lecker."

Sie lächelte. „Ich hatte auch schon eins."

Er riss die Folie auf und steckte es sich in den Mund.

Zwei minzige Münder und noch dazu ein kinderfreier Abend klang vielversprechend. Sie beugte sich über den Tisch und gab ihm einen beherzten Hinweis. „Die Kinder schlafen heute bei meinen Eltern, ich hab das Haus ganz für mich allein."

Er betrachtete sie mit erhitztem Blick. „Du lädst mich zu dir ein?"

„Ja", flüsterte sie.

Er sah auf seine Uhr und schüttelte den Kopf. „Ich hab nicht viel Zeit. Meine Schwiegermutter sagte, ich müsse die

Kinder bis neun abholen. Sie braucht ihren Schlaf, weil sie sich um meinen Schwiegervater kümmern muss."

Sie schob ihre Enttäuschung in den Hintergrund. Es war ja nicht so, als hätte sie bei ihrem ersten Date mit ihm schlafen wollen, doch sie hatte auf ein wenig Intimität gehofft, eine Zehe zurück in den Datingpool. „Wie geht es ihm?"

„Er hält überraschend durch. Ich glaube, es tut ihm wirklich gut, zu Hause zu sein. Vielleicht wird er länger leben, als die Ärzte sagen. Sie haben ihm nur eine Woche gegeben."

„Das hoffe ich."

„Ein andermal?"

Sie versuchte, sich ihre Enttäuschung nicht anhören zu lassen. „Klar."

„Ich habe schon bezahlt. Bereit?"

Sie nickte, und dann waren sie unterwegs. Sie war so nervös gewesen, hatte sich so auf dieses Date gefreut, und nun war es fast vorüber. Sie sollte glücklich, nicht enttäuscht sein. Es war ein gutes Zeichen, dass sie seine Gegenwart so sehr genoss, dass sie nicht wollte, dass es endete. Es gab absolut keine Eile. Sie waren dabei, einander kennenzulernen, und das brauchte seine Zeit.

Er nahm ihre Hand, und die kleine Geste erinnerte sie daran, dass sie sich immer noch auf einen Gutenachtkuss freuen durfte. Sie kaute rasch auf ihrem Pfefferminz herum und schluckte, hoffte, dass sie so maximalen Pfefferminzgeschmack bekäme. Sie kamen an seinen Wagen, der auf dem Parkplatz hinter dem Restaurant stand. Er öffnete ihr die Tür und schloss hinter ihr. Sie lehnte ihren Kopf gegen den Sitz zurück und seufzte.

Er stieg ein, startete aber nicht den Motor. „Allie."

Sie drehte sich um. „Ja?"

Seine große Hand umfasste ihr Kinn, dann beugte er sich langsam vor, und sein Blick senkte sich von ihren Augen zu ihrem Mund. Ihr Puls raste, ihr Körper kribbelte vor Vorfreude. Seine Lippen trafen ihre zu einem zarten Kuss, dann zog er sich zurück. „Das wollte ich schon den ganzen Abend tun."

„Tu es noch einmal."

Das tat er, strich mit seinen Lippen über ihre, einmal, zweimal, und sie beugte sich vor, um mehr zu bekommen. Er löste sich von ihr, nahm seine Hand von ihrem Gesicht. Seine Stimme war rau. „Wir sollten jetzt besser fahren."

Sie sah nach vorn, beschämt, dass sie ihn noch so gerne weiterküssen wollte, während er schon genug hatte. Sie sah sich um. Sie waren auf einem Parkplatz, andere Leute kamen und gingen zu ihren Autos in der Nähe. „Ja, natürlich."

Er schmunzelte und startete den Wagen.

„Was ist so lustig?", fragte sie.

„Es gefällt mir, dass du so angepisst klingst, weil wir mit dem Küssen aufhören mussten. Das heißt, du willst mehr."

„Vielleicht", räumte sie ein.

„Definitiv. Du willst mich."

Jetzt wurde er aber arrogant. „Vielleicht ja, vielleicht nein."

„M-hmm."

„Küss mich nochmal, wenn du es herausfinden möchtest."

Er setzte ein Lächeln auf. „Und ob ich das tun werde."

Sie lächelte vor sich hin, erfreut über seine Versicherung.

„Möchtest du nächsten Samstag wieder ausgehen?", fragte er.

„Ja", antwortete sie gleich.

„Das war aber ein schnelles Ja."

„Ich bin in einem Alter, in dem ich weiß, was ich will", sagte sie.

Er lächelte, und seine Augen funkelten vor Humor. „Das höre ich gern. Siehst du? Es hat doch auch seine Vorteile, wenn man in unserem Alter datet. Wir wissen, was wir wollen; wir wissen, wenn es etwas Gutes ist." Er nahm ihre Hand und drückte sie. „Ich bin froh, dass ich noch eine Chance auf ein zweites Date mit dir bekomme."

„Du bist auch meine zweite Chance. Mein erster Anlauf war ziemlich mies."

„Tut mir leid, das zu hören, aber zugleich bin ich auch froh darüber, verstehst du? Denn dadurch kann ich mit dir zusammen sein. Du weißt doch, was man sagt, aller guten Dinge sind zwei."

„Wirklich? Ich dachte, es wären drei Dinge."

Seine Stimme war warm und voller Humor. „Ich bin mir ziemlich sicher, dass es zwei Dinge waren."

Er scherzte, doch sie mochte seine Einstellung. „Weißt du was, ich denke, da könntest du recht haben."

Sie fuhren zurück zu ihrem Haus, sprachen und lachten über die Kinder, als alleinerziehende Elternteile wäre es auch schwierig gewesen, das nicht zu tun, doch es war nett, Dinge teilen zu können. Er bog in ihre Einfahrt und stellte den Motor aus. Einen Moment lang dachte sie, er wollte noch im Wagen knutschen, doch er stieg aus, ging um den Wagen herum und öffnete die Tür.

„Mir wurde beigebracht, dass man sein Date zur Tür begleitet", sagte er.

„Ist für mich in Ordnung." Sie stieg aus, und er nahm ihre Hand, seine größere umhüllte ihre mit ihrer Wärme, dann begleitete er sie zur Haustür. Beide schwiegen. Vielleicht wollte er auch nicht, dass der Abend endete.

Sie hatte das Verandalicht angelassen, und ihr kam der Gedanke, dass ihre Nachbarn vielleicht einen Gutenachtkuss beobachten konnten. Scheiß drauf. Dieser Kuss war alles, was sie heute Abend bekommen würde, und sie wollte ihn mehr, als sie das Getratsche stören würde. Sie fischte ihren Schlüssel aus der Tasche und sah zu ihm auf. „Danke für das Essen. Ich hatte einen wundervollen Abend. Dann ... Gute Nacht."

Er sah sie einen Moment lang an, seine Augen glänzten, ehe er die Distanz zwischen ihnen überwand, seine Hand umfasste ihr Kinn, hob ihren Kopf, hielt sie, während er einen Mundwinkel küsste, dann den anderen.

Sie packte sein Hemd und zog ihn näher an sich. Und dann veränderte sich etwas. Seine Hand glitt unter ihr Haar, umfasste ihren Hinterkopf, während sein Mund fordernder wurde, den Kuss vertiefte, seine Zunge in sie stieß. Ihr Magen sackte tiefer, sie wurde feucht zwischen den Beinen, und sie warf ihre Arme um seinen Hals, erwiderte den Kuss leiden-schaftlich. Er legte seinen Arm um ihre Taille und hob sie halb hoch, während sein Mund sie eroberte. Sie war so noch nie geküsst worden, und sie liebte es. Sie wagte es zu kosten, ihre

Zunge glitt an seiner entlang, und er zuckte zurück, atmete heftig.

„Ja", sagte er. „Zeit zu gehen."

„Hab ich was falsch gemacht?", fragte sie beschämt.

Er stöhnte. „Nein, Süße, du machst alles nur zu gut. Verstehst du, was ich meine?"

„Ich bin nuttig?"

Er lachte bellend, dann hielt er sie am Kinn und gab ihr noch einen schnellen Kuss. „Ich meine, dass ich mich kontrollieren muss, weil du eine sehr sexy Frau bist."

Sie lächelte. „Und du bist ein guter Küsser."

Er fuhr mit seinem Daumen über ihre Unterlippe. „Ich bin in vielen Dingen gut."

Da war es, dieses erotische Geplapper. Sie musste darauf etwas Gutes erwidern, um mit ihm mitzuhalten. „Ich bin gut im Blasen."

Er fluchte, zog sie an sich und küsste sie oben auf den Kopf. „Gute Nacht."

Er drehte sich um und sprang die Verandastufen hinunter.

„War das zu nuttig?", rief sie hinter ihm her.

Er drehte sich um. „Das war perfekt." Er hauchte ihr noch einen Kuss zu.

Sie fing ihn und legte ihn sich auf die Lippen. Er legte beide Hände an sein Herz, taumelte ein wenig in einer übertriebenen Du-hast-mich-getroffen-Geste, dann ging er davon in die Nacht.

Sie schloss die Haustür auf und lachte ein glückliches, albernes Lachen.

7

Allie fuhr am Sonntagmorgen in traumartigem Zustand in die Stadt, um ihre Jungs im Apartment ihres Dads abzuholen. Sie datete Vinny jetzt seit zwei Monaten und verliebte sich immer mehr in ihn. Es war, als hätte sie ihr ganzes Leben lang auf Vinny gewartet, und jetzt, da sie ihn endlich gefunden hatte, wollte sie ihn die ganze Zeit sehen. Leider hatten sie in diesen beiden Monaten nur fünf Dates hinbekommen. So viel war schiefgelaufen, und sie hatten dem anderen absagen müssen. Der Babysitter sagte ab, oder eines der Kinder hatte eine Magen-Darm-Grippe, oder, und das tat ihr leid, sein Schwiegervater starb. An diesen Abenden, an denen sie ihr Date verpasst hatten, telefonierten sie stattdessen lang, manchmal mehrere Stunden. Die Kinder hatten sie aus ihrer Beziehung herausgelassen. Sie hatte ihren Jungs nicht einmal erzählt, dass sie wieder datete, doch in letzter Zeit fragte sie sich, ob sie es ihnen erzählen sollte. So stark empfand sie für Vinny.

Dieses Wochenende hatte er ein Date mit ihr absagen müssen, weil Angel hohes Fieber hatte, und verständlicherweise wollte Vinny bei ihm zu Hause bleiben und sich um ihn kümmern. Zu schade, denn sie hatte das ganze Wochenende frei und brauchte nicht einmal einen Babysitter, da ihre Jungs bei ihrem Dad zu Hause waren.

Sie parkte in der Tiefgarage seines Apartmenthauses, fuhr

mit dem Aufzug in die Lobby und meldete sich beim Wachmann am Empfang an. Nachdem der Mann telefonisch bei William nachgefragt hatte, wurde sie zum Aufzug gelassen und fuhr hinauf in sein Luxusapartment.

In dem Moment, als die Apartmenttür geöffnet wurde, zog sich ihre Brust zusammen. William sah aufgewühlt aus, sein Gesichtsausdruck war verkrampft, seine Augen wie Stahl. „Was ist los?", fragte sie.

„Wir müssen uns über deine Söhne unterhalten", erwiderte er unheilvoll.

„Unsere Söhne", korrigierte sie ihn.

„Hi, Mom", sagte Gabe, der neben seinem Dad auftauchte und vollkommen normal aussah. „Wir haben schon gepackt und können fahren."

„Nur einen Augenblick. Ich muss mit eurem Dad reden."

Gabes Blick zuckte zur Seite. „Ich kann das erklären."

Oh-oh. „Später", sagte sie ihm.

William ging mit ihr auf den Flur hinaus und schloss die Tür hinter sich. „Deine Söhne drehen durch. So waren sie früher nicht. Was läuft denn da bei dir zu Hause?"

Sie verkrampfte sich. Das war doch wieder typisch William, dass er alle Schuld ihr in die Schuhe schieben wollte. „Was meinst du denn damit, dass sie durchdrehen?"

William sah sie von oben herab an. „Jared hat in meiner Küche Feuer gelegt."

Sie schnappte nach Luft. Jared war sieben. „Woher hatte er denn die Streichhölzer?"

„Er hatte welche in der Küchenschublade gefunden." Er hob einen Finger und lächelte süffisant, als gefiele es ihm, ihr zu erzählen, wie schlimm „ihre" Söhne waren. „Und während ich das Feuer gelöscht habe, hat Luke mir mein Geld aus dem Portemonnaie gestohlen — zweihundert Dollar — und alle drei sind aus meinem Apartment geschossen. Sie waren heute Morgen zwei Stunden verschwunden und sind durch die Stadt gerannt."

Ihr steckte das Herz in der Kehle. Ihre drei Jungs — sieben, neun und dreizehn Jahre alt — waren ganz allein durch New York City gelaufen? „Warum hast du mich nicht angerufen? Hast du nach ihnen gesucht? Hast du die Polizei verständigt?"

„Natürlich habe ich nach ihnen gesucht: Die Polizei hätte nichts gemacht, weil sie erst so kurz weg waren. Und ich habe dich nicht angerufen, weil du nichts hättest tun können. Du wärst bloß durchgedreht, so wie jetzt."

„Verdammt richtig, ich drehe gerade durch! Sie sind zu jung, um allein herumzulaufen. Ich fasse es nicht."

„Ich weiß nicht, was in sie gefahren ist, aber wenn sie sich so verhalten, bin ich mir nicht sicher, ob ich sie noch als Gäste in meinem Heim empfangen will."

„Himmel, William! Sie sind keine Gäste! Sie sind deine Kinder. Ich werde mit ihnen reden und dafür sorgen, dass so etwas nicht wieder vorkommt, aber du wirst ein Teil ihres Lebens sein. Sie müssen ihren Dad kennen."

Er schüttelte den Kopf, presste seine Lippen aufeinander. „Verhalten sie sich zu Hause auch so?"

„Nein, da ist alles gut. Vielleicht hat ihnen die Scheidung doch mehr zugesetzt als mir klar war. Es ist neu für sie, dich an einem anderen Ort zu besuchen."

„Das geht jetzt schon zwei Monate so, und es wird jedes Mal schlimmer."

„Was haben sie denn sonst noch getan?"

Er fuhr sich mit einer Hand durch sein dünner werdendes, hellbraunes Haar. „Das war definitiv das Schlimmste, aber sie sind mir gegenüber schlecht gelaunt. Ich glaube nicht, dass sie hier sein wollen."

„Ich werde mit ihnen reden."

Er nickte einmal, drehte sich um und öffnete dann die Tür, hielt sie ihr auf.

In dem Moment, als sie eintrat, kamen ihre Jungs angerannt und umarmten sie.

„Holt eure Sachen!", sagte Jared und nahm seinen Rucksack.

„Bye, Dad!", sagte Luke und rannte zur Tür.

„Bye", sagte Gabe kleinlaut zu seinem Dad. Er wusste vermutlich besser als die beiden Jüngeren, dass sie in ernsten Schwierigkeiten steckten.

Sie wartete, bis sie aus der Stadt heraus waren, wo sie sich besser auf sie konzentrieren konnte und sie alle in ihrem Wagen in der Falle saßen, sodass sie ihr würden zuhören müssen. Sie stellte das Radio aus. „Jungs, euer Dad hat mir eine haarsträubende Geschichte über euren Besuch dieses Wochenende erzählt, und ich bin überhaupt nicht glücklich darüber."

„Entschuldige, Mom", sagte Gabe vom Beifahrersitz neben ihr aus. Die anderen beiden stimmten mit ihrer Entschuldigung vom Rücksitz aus rasch ein.

„Stimmt es?", fragte sie. „Jared, du hast Feuer gelegt, Luke, du hast Geld gestohlen, und dann seid ihr drei wie Streuner durch die Stadt gerannt?"

„Was ist ein Streuner?", fragte Jared.

„Halt die Klappe, Idiot", sagte Gabe. „Mom, ich habe die ganze Zeit gut auf sie aufgepasst und hab sie unbeschadet zu Dads Apartment zurückgebracht. Ich habe mir die Straßenkarte gemerkt."

Sie knirschte mit den Zähnen. Gabe mit seinen dreizehn Jahren klang ein wenig zu stolz auf seine Aufsichtsrolle. Er sollte es besser wissen, als ohne Erlaubnis einfach so davonzulaufen. „Ich verstehe einfach nicht, warum ihr so etwas macht. Wart ihr wütend auf euren Dad?"

Schweigen.

„Ich möchte Antworten, hört ihr mich?", bellte sie. „Jared, warum hast du Feuer gelegt?"

„Zur Ablenkung", sagte er.

„Ablenkung wovon?", fragte sie. Es war, als müsste sie ihm einen Zahn ziehen, doch sie würde der Sache schon auf den Grund kommen. „Jared, du wirst mir jetzt sofort antworten."

„Luke hat gesagt, ich soll ihn ablenken, damit er das Geld stehlen kann."

„Ich hab nicht gesagt, du sollst ein Feuer legen!" Luke schnaubte.

„Au!", schrie Jared. „Er hat mich geschlagen!"

Ein Gerangel und Ächzen folgte, als die beiden Jungs auf dem Rücksitz begannen, einander herumzuschubsen.

„Hört auf!", brüllte sie aus voller Lunge.

Schweigen.

Sie nahm einen tiefen, beruhigenden Atemzug. „Luke, warum hast du Geld gestohlen?"

Luke antwortete, als wäre das die logischste Sache der Welt. „Wenn wir kein Geld gehabt hätten, hätten wir doch nicht mit der U-Bahn fahren können. Und wir mussten uns unbedingt Hot Dogs an einem Straßenstand kaufen. Dad erlaubt das nie, und die riechen so gut."

„Ich verstehe es immer noch nicht", sagte sie, und ihre Geduld hing an einem seidenen Faden. „Warum musstet ihr überhaupt aus seinem Apartment wegrennen?"

„Wir mochten die Frau nicht", sagte Jared.

Sie sah ihre jüngsten Söhne im Rückspiegel an, dann sah sie zu Gabe hinüber, und alle drei verzogen angewidert das Gesicht. Sie schluckte kräftig. William hatte den Jungs wohl seine Freundin (oder Geliebte) vorstellen wollen. Er hätte ihr gegenüber diese Kleinigkeit erwähnen oder, besser noch, sie vorher warnen können, dann hätte sie die Jungs darauf vorbereitet. Die Kinder waren ganz klar noch nicht so weit, dass sie sich vorstellen konnten, dass ihr Dad mit einer Frau ausging, die nicht ihre Mom war.

„Jungs, euer Dad und ich sind jetzt geschieden. Er ist alleinstehend und frei, mit einer anderen Frau auszugehen. Ich möchte, dass er glücklich ist."

„Sie stinkt nach Blumen", sagte Luke.

„Sie hat mich einen niedlichen kleinen Jungen genannt", sagte Jared. „Ich bin nicht klein!"

Sie sah Gabe an. „Wer war diese Frau?"

„Dad hat gesagt, dass sie seine Freundin sei, aber wir haben alle gesehen, wie sie ihn auf den Mund geküsst hat." Jemand machte auf dem Rücksitz ein Würgegeräusch. „Und er war so damit beschäftigt, sich mit ihr zu unterhalten, dass wir dachten, er würde uns gar nicht vermissen."

Sie atmete tief ein. „Okay, erstens, euer Verhalten dieses Wochenende ist inakzeptabel für mich und euren Dad. Ihr werdet ihm einen Brief schreiben, in dem ihr euch entschuldigt. Ich erwarte, dass ihr euch in seinem Apartment benehmt, wie ihr es bei mir zu Hause tun würdet. Ihr kennt die Regeln."

„Haben wir jetzt Hausarrest?", fragte Gabe.

Sie reagierte nicht darauf, denn sie musste ihren Standpunkt erst klarmachen, bevor alle wegen ihrer Strafe ächzten und stöhnten. „Für mich ist das okay, wenn euer Dad sich verabredet, und ich hoffe, für ihn ist es auch in Ordnung, wenn ich mich verabrede."

„Heißt das, du und Dad, ihr kommt nie wieder zusammen?", fragte Gabe.

Sie sah ihn überrascht an. „Habt ihr Jungs das gehofft?"

Keine Antwort.

„Die Scheidung ist final", sagte sie. „Wenn zwei Menschen sich einig sind, dass sie die Ehe offiziell beenden wollen, heißt das, dass sie nicht wieder zusammenkommen."

„Manchmal machen sie das aber doch", sagte Gabe. „Das hab ich mal in einem Film gesehen."

„Ja", stimmten Luke und Jared ein.

Allie schüttelte den Kopf. „Dieses Mal nicht. Hört zu, ich möchte nicht, dass ihr wütend seid auf euren Dad. Wir beide haben diese Scheidung gewollt. Wir sind jetzt glücklicher und leben beide unser Leben weiter. Niemand hatte Schuld daran." Ihre Kehle zog sich zusammen, weil sie so viel für sie empfand. „Wir beide werden euch immer lieben."

Die Jungen schwiegen.

Sie musste ihnen davon erzählen, dass auch sie datete, musste sie ein wenig vorbereiten, selbst wenn sie Vinny erst einmal noch nicht kennenlernen würden. „Ich habe vor Kurzem auch angefangen, mich mit einem wirklich netten Mann zu treffen. Er heißt Vinny, und ich hoffe, dass ihr ihn eines Tages kennenlernt."

„Wir haben schon einen Dad", sagte Luke angriffslustig.

„Und er wird euren Dad auch niemals ersetzen", erwiderte sie geduldig. „Ich will doch nur, dass ihr versteht, dass euer Dad und ich mit anderen Menschen weiterleben, aber, wie ich sagte, das ändert nichts daran, dass wir euch lieben. Ich liebe euch so sehr. Ihr werdet immer die wichtigsten Menschen in meinem Leben sein."

„Ich hab dich auch lieb", murmelte Gabe.

„Ich hab dich auch lieb, Mommy", sagte Jared und klang wieder wie sein Süßer-kleiner-Junge-Selbst.

Ihr Herz zog sich zusammen.

„Und ich hab dich auch lieb", grummelte Luke. „Du darfst nur keinen Fremden heiraten."

„Hab ich nicht vor", sagte sie. „Wir lernen einander gerade erst kennen."

Sie wartete, war bereit, ihnen bei allem, worüber sie sich Gedanken machten, Sicherheit zu geben, ihnen alle Fragen zu beantworten, doch scheinbar war die Unterhaltung über das Daten vorüber. „Jared, wenn wir nach Hause kommen, werden wir uns über den Umgang mit Feuer unterhalten."

„Ich weiß das schon", erwiderte er fröhlich. „Wir haben bei einem Schulausflug die Feuerwehr besucht. Stehenbleiben, hinlegen und rollen."

Sie knirschte mit den Zähnen. „Trotzdem werden wir uns unterhalten. Was du gemacht hast, war sehr gefährlich. Hast du mich verstanden?"

„Okay", sagte er.

Sie stieß einen Atem aus. „Okay, da wir das jetzt geklärt haben, ihr habt alle zwei Wochen Hausarrest. Und keine Videospiele für einen Monat."

Der Wagen explodierte vor Protesten. Videospiele mochten sie am liebsten.

Sie schaltete das Radio wieder an und die Kinder damit aus.

Später am Abend, als ihre Jungs schon im Bett waren, und nach einem ermüdenden Gespräch mit Jared über den Umgang mit Feuer, brach sie auf dem Wohnzimmersofa zusammen. Mit Jared war definitiv noch nicht das letzte Wort gesprochen. Seine Anfangstaktik, zu sagen: „Ich habe ja gar nicht mit Streichhölzern gespielt, ich habe sie benutzt", zog bei ihr nicht. Sie war nur nicht überzeugt, dass er wirklich verstanden hatte, wie gefährlich die Situation hätte werden können. Sie überlegte, ob sie sich ein Glas Wein nehmen sollte, doch dann fand sie den Gedanken, Vinny anzurufen, um einiges besser. Selbst, wenn er nichts Tiefgründiges sagte oder das, was er sagte, mit einfallsreichen Flüchen ausschmückte, sie liebte es einfach, seine tiefe, melodische Stimme im Ohr zu haben.

Sie nahm sich das Telefon und rief ihn an. „Hey, ich bin's. Wie geht es Angel?" Ihr war eingefallen, dass er ja krank gewesen war.

„Sein Fieber ist endlich gesunken", erzählte Vinny ihr. „Er schläft jetzt. Der Arme. Ich kann nicht lange reden. Ich muss Sagrotan holen. Das Letzte, was ich will, ist, dass die anderen beiden es auch kriegen."

„Japp, das kenne ich."

„Tut mir leid, dass unser Date dieses Wochenende schon wieder ausfallen musste."

Sie seufzte. „Mir auch. Es ist halt immer etwas. Schließlich haben wir beide zusammen sechs Menschen, um die wir uns kümmern müssen."

„Ja."

Sie runzelte die Stirn. Es war ätzend, dass sie endlich jemanden hatte, nach dem sie verrückt war, und sie ihn trotzdem kaum zu sehen bekam. Und sie hatten auch noch nicht genug Zeit allein gehabt, um intim zu werden. Seine Küsse ließen sie sich so viel mehr ersehnen. Langsam war sie verzweifelt.

Dann stellte er die eine Frage, die unter Garantie ihre Lust ersticken konnte. „Wie wär's, wenn wir anfingen, Zeit gemeinsam mit den Kindern zu verbringen? Dann müssen wir nicht ständig unsere Pläne umwerfen."

Nach der entsetzlichen Qual mit ihren Jungs heute, wusste sie, dass das nicht in Frage käme. „Meine Kinder sind dafür noch nicht bereit."

„Woher weißt du das? Vielleicht macht es ihnen Spaß, mit meinen Kindern zusammen zu sein. Sie sind doch alle ungefähr gleich alt."

„Die Scheidung ist gerade erst durch, und sie haben sich bei ihrem Dad aufgeführt."

„So etwas musst du im Keim ersticken. Sie müssen Respekt zeigen."

Und diesen Respekt musste man sich verdienen. William brachte ihnen nicht viel Liebe entgegen, und ihren Jungs fehlte das. Dennoch wusste sie, dass die Kinder verantwortungsvoller werden mussten. „Hab ich, trotzdem. Es ist zu früh für sie."

„Eure Scheidung ist zwei Monate her. Und er war schon Monate vorher ausgezogen. Ich sage doch nur —"

„Nein."

„Okay, war ja bloß eine Idee."

Sie stieß ihren Atem aus, bemühte sich darum, sich zu beruhigen. Niemand, nicht einmal Vinny, durfte sich zwischen sie und ihre Kinder stellen. Sie wusste, was für sie am besten war, und sie war sich absolut sicher, dass sie nicht bereit waren, ihn zu treffen. Sie musste es langsam angehen; sie hatten erst heute erfahren, dass sie wieder datete.

„Ich vermisse dich", sagte Vinny.

Sie schmolz dahin. Er sprach so frei aus dem Herzen, und das berührte sie jedes Mal. „Ich vermisse dich auch so sehr."

„Wie wäre es, wenn du und ich, nur wir beide, irgendwohin fahren, übers Wochenende in ein Hotel?"

Pures Adrenalin schoss durch sie hindurch, sie war halb erregt, halb nervös. Genau darauf hatte sie gehofft, doch sie hätte lügen müssen, wenn sie behauptet hätte, dass es leicht für sie sein würde. Es war so lange her. Sie senkte ihre Stimme. „Ist Hotel ein Code für Sex?"

Er lachte. Es törnte ihn wirklich an, wenn sie so ehrlich sprach. Es war noch neu für sie, doch sie mochte es auch. „Wir machen das, was uns beiden angenehm ist, okay? Wenn du dir einfach nur eine Fernsehsendung für Leute über zwölf ansehen und bloß ein wenig Ruhe und Frieden haben möchtest, ist das für mich auch in Ordnung."

Sie lachte.

„Solange ich mit dir zusammen bin", fügte er hinzu.

Am liebsten hätte sie durchs Telefon gegriffen, ihre Arme um ihn geworfen, ihn umarmt. Wie konnte sie seiner Einladung widerstehen? Sie vermisste ihn so sehr. „Wir könnten fernsehen und ein Picknick machen. Die Minibar plündern."

„Das ist auch cool für mich."

„Minibar könnte aber teuer werden", sagte sie.

„Dann bringen wir eben unseren eigenen Kram mit zum Picknick. Was immer du willst."

Sie lächelte. „Hört sich nach Champagner an. Eine Feier."

„Absolut. Weißt du, ich war so müde, als ich ans Telefon gegangen bin, aber jetzt bin ich voller Energie. Das wird gut."

„Wie wäre es mit nächstem Wochenende?", fragte sie. „Ich frag mal meine Eltern, ob sie bei den Kindern bleiben können."

Und ich frage meine Schwiegermutter, ob sie übers Wochenende hier bleiben kann. Ich lasse es dich morgen wissen."

Sie hielt das Telefon ganz fest und lächelte so breit, dass ihre Wangen wehtaten. „Perfekt."

„Ich kümmere mich um die Hotelreservierung."

„Wir teilen die Kosten, okay?" Mit dem nachehelichen Unterhalt, dem Unterhalt für die Kinder und ihrem eigenen Geld für die Buchillustrationen kam sie ganz gut klar. William hatte sich ihr und den Jungs gegenüber korrekt verhalten, obwohl ihr Anwalt gemeint hatte, dass sie viel weniger hätte bekommen können. Sie hatte nicht gekämpft, hatte die Scheidung nicht in die Länge ziehen oder für irgendwelche Verbitterung zwischen ihnen sorgen wollen. Schließlich musste sie ihn wegen der Jungs ja noch regelmäßig sehen.

„Wann verstehst du es endlich?" Vinny schnaubte. „Ich lade ein, ich zahle."

„Okay, aber das nächste Mal lade ich dich zu etwas ein, und dann bezahle ich."

„Dann musst du halt schneller sein."

Sie hörte die Stimme eines kleinen Jungen im Hintergrund.

„Ich muss jetzt auflegen. Angel ist aufgestanden und will ein Glas Wasser. Wir sprechen uns morgen." Er legte auf.

Auch sie legte auf und starrte ins Nichts. Hatte sie wirklich gerade einem Sexwochenende mit Vinny im Hotel zugestimmt? Das klang so verrucht, so gar nicht nach ihr. Würde Sex das ruinieren, was sie hatten? Was, wenn sie nicht zueinander passten? Oder was, wenn doch? Das konnte sie auf ein völlig neues Level in ihrer Beziehung katapultieren. Eines, das auch die Kinder betraf. Und wie würde ihr Ex reagieren oder bei Vinny seine Schwiegermutter, die sich doch um Vinny und dessen Familie kümmerte. Sie stieß einen scharfen Atemzug aus. Das konnte ziemlich schnell ziemlich kompliziert werden.

Vielleicht sollten sie bei ihrem Picknick einfach die Füße hochlegen, sich entspannen und fernsehen. Vielleicht ein wenig Sightseeing.

Sie stellte sich auf zittrige Beine, ihr Körper wusste, was ihr Verstand kaum akzeptieren konnte, dass es Zeit war, sich wieder in den Sattel zu schwingen. Nur, dass ihr Pferd ein riesiger, starker Hengst war.

~

Vinny fuhr am folgenden Freitagabend zu Allies Haus und war wegen ihres gemeinsamen Wochenendes ganz aufgedreht. Das hier war definitiv ein Schritt vorwärts in ihrer Beziehung. Er konnte es kaum fassen, dass sie es geschafft hatten, dass all ihre sechs Kinder gesund geblieben waren und es keine großen Katastrophen gegeben hatte. Alle waren gut aufgehoben und versorgt. Seine Schwiegermutter hatte sich bereit erklärt, auf die Jungs aufzupassen, und er wusste, dass sie das hauptsächlich tat, weil sie nach dem Tod ihres Mannes eine Ablenkung brauchte. Natürlich war es nicht ganz einfach gewesen. Loretta hatte ihm wegen Allie die Leviten gelesen und war nur unter der Bedingung einverstanden gewesen, den Babysitter zu spielen, dass er sie ihr bei einem sonntäglichen Abendessen förmlich vorstellte, damit sie sehen konnte, „aus welchem Holz diese Frau geschnitzt war." Was immer das bedeutete. Er hatte zugestimmt, irgendwie. Er hätte alles gesagt, um dieses Wochenende mit Allie zu bekommen.

Freute er sich auf den Sex? Absolut. Er wusste bereits,

dass sie kompatibel waren. Ihre Küsse sagten ihm alles. Leidenschaft war auf jeden Fall vorhanden. Sie war höllisch sexy, und er wollte sie so dringend, dass es wehtat. Es war immer so hart, sie am Ende ihrer Dates zu verlassen. Endlich würde er das nicht müssen. Das konnte sie nur näher zusammenbringen. Natürlich würde das mit neuen Komplikationen einhergehen. Sie waren beide nicht unkompliziert mit den Kindern, seiner Schwiegermutter und ... Ach, verdammt. Er wollte nicht an all das denken. Er wollte einfach nur dieses seltene Wochenende mit ihr genießen.

Doch in dem Moment, als sie aus ihrem Haus kam und einen riesigen Rollenkoffer hinter sich herzog, wusste er, dass sie nicht auf einer Höhe waren. Ihr ganzer Körper strahlte Anspannung aus, ihr Gesichtsausdruck war angestrengt.

„Warte, lass mich dir mit dem Koffer helfen", sagte er und griff danach.

„Kein Problem", sagte sie angespannt. „Ist doch ein Rollenkoffer. Ich schaffe das schon."

Er begleitete sie zu seinem Wagen, lud den Koffer hinten zu seiner Reisetasche und setzte sich hinters Lenkrad. Er drehte sich zu ihr um. „Alles gut mit den Kindern?"

Sie lächelte verkrampft. „Denen geht's gut."

Er versuchte es erneut, hoffte, sie würde sich jetzt, da ihr großartiges Wochenende begann, entspannen. Keine Kinder, keine Sorgen. „Das Hotel soll hübsch sein, oben in Mystic, Connecticut, am Strand."

„Vielleicht könnten wir uns morgen ja mal Mystic Seaport ansehen", sagte sie ohne den geringsten Enthusiasmus.

„Klar. Es sei denn, wir sind beschäftigt." Er sah ihr in die Augen und zwinkerte.

Sie glättete ihr Haar, ihre Bewegungen sahen unbeholfen aus.

Oh-kay. Er fuhr aus der Einfahrt und durch die Stadt. Sie blieb steif und still. Er versuchte es mit ein paar Fragen, die todsicher eine Unterhaltung lostreten würden: Was gibt es Neues? Wie läuft es mit deiner Malerei? Was hast du fürs Picknick eingepackt? Was sie alles mit so wenigen Worten wie möglich beantwortete und mit der verkrampftesten Stimme, die er je von ihr gehört hatte.

Er gab auf und sprach nicht weiter, sondern schaltete stattdessen das Radio an.

Sie starrte zum Fenster hinaus und sagte meilen- und meilen- und meilenlang überhaupt nichts.

Jetzt verspannte er sich allmählich. Er hatte sich so auf dieses verdammte Wochenende gefreut, vor allem nach diesem anstrengenden Wochenende, bei dem er mehrmals in der Nacht hatte aufstehen müssen, um sich um Angel zu kümmern. „Was ist los?", fragte er.

„Nichts."

„Sag nicht nichts. Etwas stimmt nicht. Nun spuck's schon aus."

Sie verzog das Gesicht. „Sag mir nicht, was ich zu tun habe."

Er mäßigte seinen Zorn, versuchte, seine Stimme zu beruhigen. „Allie, ich habe mich so auf das hier gefreut. Weißt du, wann ich das letzte Mal am Wochenende nicht auf die Kinder aufpassen musste? Noch nie. Nicht einmal. Das mache immer nur ich, die ganze Zeit." Er atmete einmal tief ein und bemühte sich um Geduld. „Und jetzt habe ich Gelegenheit, es mit dir zu verbringen. Ich dachte, du würdest dich auch freuen, aber du strahlst nur Anspannung aus. Ich frage dich jetzt noch einmal, was ist los?"

„Nichts ... es ist bloß ..." Sie hustete. „Es ist nur so, dass ich ein wenig ... nervös bin."

Endlich. Damit konnte er leben. „Nervös weswegen?"

„Mist. Ich komme mir wie eine absolute Idiotin vor, weil ich es überhaupt erwähne."

Die Tatsache, dass sie sogar fluchte, sagte ihm, dass es etwas Ernstes war. „Sag es", verlangte er.

„Es ist bloß so, dass ich über dich und mich nachgedacht habe, zusammen, und dann hab ich mir langsam Sorgen gemacht ..." Sie sprach nicht weiter, und er wartete.

Ein langer, angespannter Moment verstrich ohne weitere Erklärung.

„Worüber machst du dir Sorgen?", fragte er weiter und klammerte sich an seinen letzten Geduldsfaden.

„Bist du überall groß?"

Er grinste, war erfreut, dass sie mit ihm auf einer Wellenlänge war, weil sie an seinen Schwanz dachte. „Was denkst du denn, dass du einen solch großen Prachtkerl mit einem winzigen Päckchen bekommst?"

Sie rutschte unbehaglich auf ihrem Sitz hin und her. „Ich weiß es nicht."

Er zwinkerte. „Ich sage bloß, du wirst nicht enttäuscht sein."

„Oh." Sie starrte zur Windschutzscheibe hinaus, und im Licht der Straßenlaternen bemerkte er ein leuchtendes Pink auf ihren Wangen.

„Wo ist das Problem?"

Sie sah ihn an. „Ich bin so winzig, und für mich ist es Jahre her."

Er nahm ihre Hand und drückte sie. „Ich denke, du wirst mit mir umgehen können."

Ihre Stimme klang ganz hoch und schrill. „Ich hab meine Jungs per Kaiserschnitt bekommen, es ist also alles ziemlich eng, wenn du weißt, was ich meine."

Oh-kay. „Klingt gut für mich."

„Ich habe aber eine hässliche Narbe am Bauch. Nur als Warnung."

„Wir haben doch alle unsere Narben, ob wir sie nun zeigen oder nicht."

„Gibt es etwas, wovor du mich warnen möchtest?", fragte sie.

Er überholte einen langsamen Wagen und drückte aufs Gas, denn jetzt war er ganz heiß darauf, ins Hotel zu kommen. „Wie was zum Beispiel?"

„Ich weiß es nicht!"

„Ein paar Narben vom Football und von der Arbeit. Nichts Erwähnenswertes. Ich bin bloß Fleisch und Knochen, genau wie du."

„Du bist aber viel, viel größer als ich."

„Vertrau mir, das wird kein Problem sein." Er sah zu ihr hinüber, sie war wieder höllisch angespannt. Sie machte sich solche Sorgen darüber, dass er groß war und sie klein und eng. Verdammt, das machte ihn nur heiß, wenn er an ihre Vereinigung dachte, deswegen sprach er ganz schlicht und ihre sexy Sorge direkt an. „Ich werde dafür sorgen, dass du ganz heiß und feucht sein wirst, und dann gleite ich einfach hinein."

„Vinny!" Ihre Hände wedelten durch die Luft, ihr Gesicht war jetzt leuchtend rot.

Er ruderte zurück. „Das war nicht sehr romantisch, was?" Krampfhaft versuchte er, sich etwas Gutes einfallen zu lassen. „Wir werden einfach tun, was sich gut anfühlt. Du sagst mir einfach, was ich tun soll, du weißt schon, es versuchen oder lieber eine kalte Dusche nehmen. Was auch immer."

Sie beruhigte sich. „Und du wärst nicht wütend?"

Nee, nicht wütend." *Verfickt enttäuscht, aber ...*

„Okay." Sie legte ihre Hände verkrampft in ihrem Schoß ineinander und starrte sie an.

Das würde wohl eine lange Nacht werden.

Er hatte nicht erwartet, dass sie so verspannt sein würde. Er hatte gedacht, dass sie sich ziemlich wohl beieinander fühlten.

„Für mich ist das auch das erste Mal seit Jahren", sagte er mit neckender Stimme. „Sei also vorsichtig bei mir."

Sie lachte etwas, aber immer noch verkrampft.

In Ordnung, das war lächerlich. Er würde jetzt nicht wie ein Schlappschwanz um ihre Nervosität herumeiern. Der Fernseher konnte warten, das Picknick konnte warten. Sobald sie dieses Hotelzimmer betraten, würde es bei ihm volle Kraft voraus heißen. Je mehr sie das Unvermeidliche aufschoben, desto nervöser würde sie werden. Sie hatten alles gesagt, was gesagt werden musste.

Jetzt ging es ans Eingemachte.

Er vermutete, dass das genau das war, was sie brauchte.

8

———————

Ally wartete, während Vinny sich ums Einchecken kümmerte, ging im Foyer des Hotels auf und ab und fragte sich, was zum Teufel mit ihr eigentlich nicht stimmte. Warum konnte sie sich nicht entspannen? Nur, weil sie seit Jahren mit keinem Mann zusammen gewesen war. Sie und William hatten schon Jahre vor der Scheidung aufgehört, miteinander zu schlafen. Damals war ihr das egal gewesen; jetzt nicht, denn dieses Mal mit Vinny fühlte sich wichtiger an, als sie wollte. Je mehr sie sich gut zuredete, sie solle sich entspannen, desto nervöser wurde sie. Und Vinny war ein großer Mann. Groß, groß, groß. Und sie überhaupt nicht.

Sie war so außer Übung, ihre Narbe hatte William abgestoßen, und Vinny tat so, als wäre das keine große Sache!

Er ging mit dem Plastikschlüssel in der Hand und einer kleinen Reisetasche über der Schulter zu ihr. Sie hatte einen großen Rollkoffer dabei, weil sie sich nicht hatte entscheiden können, welche Kleidung oder welche Schuhe sie mitnehmen sollte. Außerdem hatte sie eine Dose gemischter Nüsse, Chipstüten in Snackgröße und eine Packung Oreos für ihr Picknick in den Koffer gepackt. Den üblichen Kram, der sonst in einer Minibar war, nur zu einem viel geringeren Preis. Darauf konzentrierte sie sich. An ein lustiges Picknick zu denken, fiel ihr viel leichter, als an Sex zu denken.

„Alles klar", sagte er. „Zwei Nächte."

Sie hätte nicht einem ganzen Wochenende zustimmen sollen. Eine Nacht hätte vollkommen gereicht. Was, wenn sie im Bett so gar nicht zusammenpassten? Was würden sie dann in der zweiten Nacht tun?

Auf dem Weg zum Aufzug schlurfte sie hinter ihm her. Er pfiff eine fröhliche Melodie. Am liebsten hätte sie ihn geschlagen. Wie konnte er so gut drauf sein, wo er doch genauso nervös sein sollte wie sie? Das hier war eine große Sache. Für beide das erste Mal seit Jahren. Erst der zweite Mann, mit dem sie überhaupt je zusammen war, und er hatte gesagt, sie sei die zweite Frau für ihn.

Das war eine RIESIGE Sache!

Sie betrat den Aufzug mit ihm und ein paar anderen Leuten. Sie starrte wieder geradeaus.

„Wir sind auf der dritten Etage", sagte Vinny ihr.

„Mmm-hmm."

Es gab vier Stockwerke. Sie erreichten die dritte Etage, und sie verließ den Aufzug als erste und wartete auf ihn. Er hielt die Schlüsselkarte in die Höhe und deutete in die Richtung, in der ihr Zimmer war.

„Schönes Haus", sagte er, als sie über den dicken Teppich gingen. „Wir haben einen Balkon mit Blick auf den Garten."

„Japp", sagte sie, und ihre Lippen ploppten dabei. Unangenehm. Sie konnte ihre Lippen kaum spüren.

Er blieb an ihrer Zimmertür stehen, öffnete sie, nahm ihr den Koffer ab und brachte ihre Sachen hinein. Sie atmete einmal tief ein und folgte ihm hinein. Er hatte ihr seinen breiten Rücken zugewandt, als er den Koffer ganz hinten ins Zimmer brachte.

„Hast du Hunger?", fragte sie. Ihr Appetit war in dem Moment, als sie den Koffer gepackt hatte, verschwunden.

Er drehte sich um, marschierte auf sie zu, erhob sich über sie, finsteres Verlangen in seinen Augen.

Sie schluckte, trat einen Schritt zurück. „Vinny?"

Er antwortete nicht, blieb vor ihr stehen, und sein Blick kollidierte für einen heißen Moment mit ihrem, bevor er seinen Arm um ihre Taille legte, sie eng an sich presste und seine Lippen auf ihre krachten. Eine heiße Woge des Verlangens durchströmte sie. Seine große Hand umfasste ihren Hinterkopf, und dann drückte er sie gegen die Wand, sein Mund war fest und fordernd, er hob ihr Bein und rieb sich an ihr, während sein Mund sie eroberte. Sie entflammte sich, ein leises Stöhnen rieb in ihrer Kehle, und sie hob ihre Hüfte, um ihm entgegenzukommen.

Seine Hände waren überall zugleich, umfassten ihre Brüste, liefen an ihren Seiten hinunter, an ihren Hintern, ließen sie nicht eine Sekunde los, sein Mund verschlang ihren, dann hob er sie hoch, drückte sich fest zwischen ihre Beine, und sie legte ihre Arme und Beine um seinen großen Körper. Wieder rieb er sich an ihr und traf genau den richtigen Punkt. Ihr Kopf fiel zurück, und sein Mund wanderte an ihren Hals, seine Zähne kratzten über sie. So hatte sie sich noch nie gefühlt, Gefühle fluteten sie, ihr Verstand war wie benebelt. Er saugte an ihrem Hals, ganz fest, während er sich weiter und weiter an ihr rieb, die Intensität war zu viel, heiß und eng. Sie explodierte mit einem scharfen Schrei, wie erstarrt, weil es so schnell ging, und dann entspannte sie sich vollkommen.

Er hob seinen Kopf und grinste. „Hübsch." Er stellte sie wieder auf die Beine und hielt sie einen Moment fest, bevor er mit einem Finger seitlich über ihren Hals strich. „Du wirst einen Knutschfleck bekommen."

„Mein Erster."

Er setzte ein verschlagenes Lächeln auf und zog ihr dann ihr Oberteil über den Kopf. Seine Finger waren sicher und superschnell, der BH flog als nächster, dann ihre Hose. Sie war viel zu entspannt, um sich darum zu scheren, ihre Augen waren fast geschlossen, einer Lust ergeben, die sie sich viel zu lange versagt hatte. Als nächstes fiel ihr Höschen.

Er fuhr mit seinen Händen über ihre Seiten. „Wunderschön."

Sie sah zu ihm auf, ihre Anspannung war verschwunden. „Mach Liebe mit mir."

Seine Hand glitt zwischen ihre Beine, und ihre Knie gaben nach. Er sprach an ihren Lippen. „Genau das hatte ich vor."

Sie zog an seinem Hemd, und er trat zurück und zog es sich selbst aus. Voller Bewunderung betrachtete sie seine riesigen Muskeln, die allein von seiner körperlichen Arbeit kamen, nicht im Studio gestählt worden waren. Von der Wölbung seiner Schultern und seines Bizeps bis zu seiner Brust, von der einige Haare über seinen flachen Bauch zu einer anderen Wölbung in seiner Jeans führten.

Sie griff nach den Knöpfen an seiner Jeans. „Zieh alles aus."

Er hielt ihre Hände fest und schenkte ihr ein sexy Lächeln. „Noch nicht. Ich möchte dich in Fahrt bringen."

„Das hast du schon."

Er beugte sich vor, und wieder glitt seine Hand zwischen ihre Beine. „Und ich möchte es nochmal tun."

Sie nickte, konnte nicht mehr sprechen, während er sie streichelte, er führte sie zurück zur Wand, und sein Körper war so nah, dass sie seine Hitze spüren konnte. Er umfing sie, doch sie fühlte sich nicht gefangen oder zu klein. Sie fühlte sich fabelhaft und strich mit ihren Fingern durch sein weiches Haar. Er beobachtete sie, während er sie streichelte, erkundete sie durch seine Berührung. Die Empfindungen waren wie eine Droge, und sie schloss die Augen, ließ ihn tun, was er wollte.

Seine Hand hielt ihr Kinn und hob ihr Gesicht, um sie zu küssen. Sie schlang beide Arme um seinen Hals, stürzte sich mit wilder Hingabe in diesen Kuss. Lippen und Zähne und Zunge, alles wild und heiß, setzten sie in Flammen. Er schob dicke Finger in sie, und sie schnappte in seinem Mund nach Luft. Er drehte seine Hand, während seine Finger noch tief in ihr steckten, und sein schwieliger Daumen streichelte vor und zurück über das Zentrum ihrer Lust, wodurch ihr Körper zu zucken begann. Sie riss ihren Mund los.

Er streichelte sie weiter, seine Finger stießen langsam und tief zu, riefen schmerzhaftes Verlangen in ihr hervor. Heiß, sie war so heiß. Sein Mund kehrte an ihren Hals zurück, knabberte an ihr. Sie zuckte, ihre Fingernägel drangen in seine Schultern, und er knabberte erneut, seine Finger dehnten sie. Sie wimmerte, das Verlangen war einfach zu viel, und dann streichelte er sie schneller und schneller, und der Schmerz verging, und sie war ganz aufgedreht und eng. O Gott, sie konnte gleich nicht mehr. Er küsste sie wieder, stieß in sie, streichelte sie, überwältigte sie. Sie schrie auf, sein Mund erstickte den Laut, und sie kam heftig, ihre Ohren klingelten, Blitze zuckten.

Er unterbrach den Kuss, und sie keuchte und versuchte, wieder zu Atem zu kommen. Seine Finger hielten sie immer noch gefangen, und sie pochte an ihm. Ihre Blicke trafen sich, und er zog seine Finger aus ihr, schob dann einen langen Finger in seinen Mund und saugte daran. Bei dieser erotischen Geste pochte es in ihr, sie pulsierte vor Verlangen.

Er lächelt sie verschlagen an, seine Stimme war tief und rau und kratzte an ihrem Inneren. „Hübsch und heiß und feucht. Jetzt kann ich einfach so hineingleiten."

Dieses Mal schüchterten seine Worte sie nicht ein, sie zogen sie an, und sie hob die Hände, um sein umwerfendes Gesicht zu berühren, bevor sie ihn leidenschaftlich küsste und ihre Hände über seinen warmen harten Muskel wanderten und sie nichts mehr wollte als ihre Vereinigung. Er hob sie hoch, legte sie in seine Arme und trug sie zum Bett.

„Vinny?"

„Ja." Seine Stimme war rau und so sexy.

Okay, das hier würde jetzt unangenehm werden, aber sie war eine moderne Frau, die ganz offen über diese Dinge sprechen konnte. „Möchtest du noch mehr Kinder? Ich dachte, wir sollten darüber reden."

Er blieb auf halbem Weg zum Bett stehen, starrte auf sie in seinen Armen hinab. „Meinst du, ob ich deine kennenlernen möchte, oder ganz neue?" Seine Stimme krächzte jetzt. „Babys?"

„Ja, Babys."

Er verzog das Gesicht. „Ich glaube, diese Babysache krieg ich nicht noch einmal hin."

Sie lachte ein wenig. „Ich versuche gerade, über Verhütung zu reden. Ich habe Kondome mitgebracht."

Seine Augen wurden größer. „Das hast du?"

„Ja", sagte sie zögerlich. „Warum klingst du denn so

überrascht?"

„Ich dachte, das wäre meine Aufgabe, weil ich sie ja überziehen muss."

„Oh. Du hast also auch welche mitgebracht?"

„Ja." Er ging weiter Richtung Bett.

„Hätte ich das gewusst", sagte sie. „Ich bin eine halbe Stunde weit gefahren, um sie zu kaufen, damit ich niemandem begegne, den ich kenne."

Sie lachten.

Er schlug die Decke zurück und legte sie vorsichtig hin. „Ist jetzt alles gut?"

„Wie viele hast du gekauft?"

„Ich weiß nicht. Eine Schachtel. Ich schätze, da sind zwölf drin."

„Ich hab auch zwölf gekauft."

Er stieß einen übertriebenen Atemzug aus. „Junge, das ist ein Großauftrag, aber ich werde mich bemühen." Sie musste so entsetzt ausgesehen haben, wie sie sich fühlte, denn er fügte hinzu: „War nur ein Scherz!"

Er zog seine Jeans aus und gesellte sich zu ihr ins Bett, küsste sie atemlos, bis sie vor Verlangen fast durchdrehte, seine Schultern packte, ihn an sich zog und ganz eifrig war, sich mit ihm zu vereinen. Er unterbrach den Kuss, fuhr mit seinem Daumen über ihre Unterlippe und drückte darauf, sein Blick hielt ihren einen knisternden Moment lang. Doch dann, anstatt sie wieder zu küssen, stand er aus dem Bett auf. Sie wartete, dass er auch seine Boxershorts auszog, doch er drehte sich um und ging davon.

„Hey!", protestierte sie. „Komm sofort zurück und bring zu Ende, was du angefangen hast!"

„Frau Feldwebel", neckte er sie. „Ich hole ein Kondom."

„Beeil dich!"

Er stöhnte. „Erst hat sie Angst, mit mir zusammenzukommen, und dann erteilt sie mir den Befehl, sie zu ficken."

„F-i-i-ick mich."

„Was für eine Ausdrucksweise." Sie konnte das Lächeln in seiner Stimme hören, als er seine Reisetasche durchwühlte. Rasch zog er sich ganz aus, den Rücken ihr zugewandt, und sie musterte ihn. Selbst sein Hintern war muskulös und führte hinüber zu starken, muskulösen Beinen. Vergiss Michelangelos David, man sollte eine Marmorstatue von Vinny machen. So wunderschön war er geformt.

Endlich drehte er sich um und marschierte zu ihr. „Ich liebe das, verfickt nochmal." Als sie seine Erektion sah, so dick und lang, stockte ihr der Atem. Er legte sich zu ihr ins Bett, zog sie so, dass sie Seite an Seite lagen, und streichelte sie, während er sie küsste.

Sie packte seinen Hintern und zog ihn ganz eng an sich, entschlossen, das hier durchzuziehen, komme, was wolle. Sein Bein legte sich zwischen ihre, übte köstlichen Druck aus. Sie drehte sich so, dass sie in sein Ohr flüstern konnte: „Ich bin bereit. Lass es uns tun."

Er rollte auf sie, ließ sich zwischen ihren Beinen nieder. „Du bist bereit, wie? Meinst du, du kannst mit mir umgehen?"

Sie schluckte. „Ich denke schon."

„Denk nicht, Liebes." Er küsste sie zärtlich, während er langsam in sie hineinstieß, während ihre Gedanken noch bei dem süßen Kosewort hingen, Liebes, auch wenn es ihr ein wenig weh tat, während er sie dehnte, um sie an seine Größe anzupassen.

Er sah ihr in die Augen, während er tiefer stieß. „Geht es dir gut?"

„Bist du schon ganz drin?", schaffte sie hervorzubringen.

Er hielt inne. „Kannst du das nicht sagen?"

„Es ist so viel, so viel."

Er küsste sie, stieß gegen sie, während er den Schmerz zugleich linderte, indem er ihr Lust bereitete. Sie spürte, wie ihr Körper sich bei einer weiteren Erlösung verengte, während er sie noch öffnete. Sie unterbrach den Kuss, er hatte sie halb um den Verstand gebracht, brauchte eine Erleichterung von dem Druck, der Anspannung.

Sie versuchte, ihm zu sagen, was sie brauchte. „Könntest du, bitte, einfach ... ah."

Sein Mund bedeckte ihren, und dann war er ganz drin, erfüllte sie bis zum Gebärmuttermund. Sie schnappte in seinem Mund nach Luft, und er veränderte seine Lage, küsste ihre Schläfe, dann ihre Wange, bis zu ihrem Ohr. „Wir passen", sagte er mit rauer Stimme in ihr Ohr. „Du bist so eng, dass ich das Gefühl hab, vor Glück sterben zu müssen."

Sie wimmerte etwas Unzusammenhängendes, brauchte die Erlösung, wollte, dass der Schmerz da unten verging, wollte, dass er irgendetwas machte.

Er verlagerte das Gewicht, um sie zu küssen, und grinste. „Du fühlst dich umwerfend an."

„Bitte", brachte sie atemlos hervor, war sich nicht einmal sicher, was sie brauchte, doch sie brauchte etwas.

„Leg deine Beine um mich."

Das tat sie.

„Und jetzt atme."

Sie hatte den Atem angehalten. Sie atmete einmal tief ein und nickte. Er schob seine Hand unter ihre Hüfte und hob sie hoch, während er in sie stieß, langsam und tief, und die Lust durchstrahlte sie und verdrängte den Schmerz. „Ja-a-a", stieß sie mit einem langen Atemzug aus.

„Ja", sagte er. Und ihre Blicke trafen sich. „Ja."

Sie konnte nicht wegsehen, seine dunklen Augen erhitzten sich, seine Züge steigerten in der Hitze seiner Leidenschaft ihre eigene Lust. Das Wissen, dass sie das bei ihm bewirkte, dass ihr Körper mit der Narbe, auf die er kaum geachtet hatte, ihr ungeübtes winziges Ich diesem großen Mann Lust bereitete. Er knabberte an ihrer Unterlippe und saugte dann daran, stieß tief zu, erschütterte sie, nahm sie in Besitz.

Er hob seinen Kopf, stieß schneller zu, sein Gesichtsausdruck war angestrengt, er stieß und stieß und stieß. Sie explodierte, ein scharfer Schrei drang durch ihre Kehle, und dann stieß er durch ihre Erlösung weiter, ließ Wellen der Lust durch sie kommen. Er stöhnte, erschauderte an ihr, als seine eigene Erlösung kam.

Er legte einen Teil seines Gewichts auf sie, stützte sich aber noch auf den Unterarmen ab. Selbst in den Nachwehen dachte er noch so sehr an sie, dass er sie nicht mit seinem Gewicht erdrückte. Das war neu für sie. Alles an ihrer Liebe zu Vinny war neu und eine umwerfende Erfahrung für sie.

Er rollte von ihr herunter und legte sich auf den Rücken, atmete angestrengt.

„Du bist so wundervoll", platzte sie heraus.

Er nahm ihre Hand und drückte sie. „Danke, du aber auch." Ein paar Augenblicke vergingen, dann fügte er hinzu: „Du wirst Schmerzen haben. Morgen werde ich es langsamer angehen. Und am Sonntag experimentieren wir ein wenig."

Sie schluckte. „Experimentieren?"

„Ja."

Was heißt das?"

Er wedelte mit einer Hand durch die Luft. „Ich werde dich in ein paar andere Positionen bringen, mal sehen, in welchen du mich aufnehmen kannst, ohne entsetzt nach Luft schnappen zu müssen."

Sie schnappte jetzt schon entsetzt nach Luft. „Was für Positionen?"

„Ich weiß nicht. Ich werde dich hierhin- und dahindrehen, mal sehen, was geht."

„Mich herumdrehen", echote sie. „Wie eine Puppe."

Er drehte sich auf die Seite und küsste sie. „Wie ein Liebhaber. Es wird dir gefallen."

„So wird es sein, wie?"

Er legte sich anders hin, flach auf seinen Rücken. „So wird es sein. Und morgen werde ich keine Beschwerden hören, so viel ist sicher."

„Und warum?"

„Weil deine Beine an meinen Ohren sein werden."

Bei dem Gedanken fing es wieder an zu pochen, sie war überall heiß. Wie bekam er das nur so einfach hin? Sie stützte sich auf einen Ellbogen, um ihn anzusehen. Seine Augen waren geschlossen, seine dicken Wimpern lagen auf seinen Wangen, ein leichtes Lächeln auf seinen vollen Lippen. Sie verehrte diesen Mann.

Sie küsste ihn. „Dieser schmutzige, schmutzige Mund."

„Ha. Es gefällt dir."

„Ich liebe es." *Und ich liebe dich.* Der Gedanke ängstigte sie. Denn wie würde es weitergehen? Sechs Kinder zusammenbringen, sie zwingen, eine Familie zu werden, während ihre eigene auseinandergefallen war. Sie wusste, dass ihre Kinder damit nicht würden umgehen können. Vinnys Kinder verachteten sie vielleicht, wenn sie den Platz ihrer Mutter einnahm. Nicht, dass sie das jemals könnte, aber Kinder sahen die Welt anders als Erwachsene.

Nicht zum ersten Mal wünschte sie sich, sie hätte Vinny unter anderen Umständen kennengelernt.

Er stand auf, zauberhaft nackt, und ging ins Bad. Er kehrte ein paar Minuten später zurück, schaltete das Licht aus und legte sich neben sie ins Bett. „Gute Nacht."

Es war das erste Mal, dass sie jemals gute Nacht zueinander sagten und wirklich eine Nacht miteinander verbrachten. „Gute Nacht", flüsterte sie und drehte sich auf die Seite in ihre übliche Schlafposition.

Er legte einen Arm um sie und legte sich in Löffelchenstellung hinter sie, erhitzte ihren ganzen Körper.

„Hast du jemals an die Zukunft gedacht?", flüsterte sie.

„Ich versuche, das nicht zu tun."

„Warum?"

„Weil ich mir Sorgen um die Kinder mache."

Junge, das konnte sie verstehen. Es war leichter, einen Schritt nach dem anderen zu gehen. Eine Schwierigkeit nach der anderen anzugehen. Sie rutschte ein wenig hin und her, war es nicht gewohnt, bei einem Mann zu schlafen.

Er legte eine Hand an ihren Kopf, beruhigte sie. „Schlaf jetzt. Du brauchst deine Energie, um mich morgen zu nehmen." Er neckte sie mit seinem erotischen Geplauder.

„Ich dachte, du wolltest es morgen langsam angehen."

Er versenkte seine Zähne seitlich in ihren Hals, und sie schnappte nach Luft. Seine Stimme war wie Samt. „Ich werde es auch langsam angehen, aber du wirst heftig kommen, und zwar wieder und wieder und wieder."

Wie elektrisiert lag sie in der Finsternis, die Augen weit offen, und stellte sich alles vor, was er versprochen hatte. Sie bezweifelte nicht, dass er alles auf wunderbare Weise einhalten würde. Kompatibilität? Abgehakt. Zukunft? Ein dickes altes Fragezeichen.

9

———

Allie war verliebt, zum ersten Mal in ihrem Leben wirklich verliebt. Als alleinerziehende Mutter in den Dreißigern hätte sie nie gedacht, dass ihr das passieren könnte, doch auf irgendeine wundersame Weise war es das. Nach vier Monaten Daten war ihr ganz schwindlig vor Gefühlen, die sie für Vinny hatte. Sie hatte ihm nicht von ihrer Liebe erzählt, und auch er hatte kein Wort gesagt. Sie schätzte, sie waren einfach beide noch nicht bereit, diese Grenze zu überschreiten, und für das, was das für ihre Zukunft bedeutete, denn es würde kompliziert werden. Es war nur eine Frage der Zeit, der richtigen Zeit, bis sie mit Vinny einen Schritt weitergehen würde, sobald sie wüsste, dass ihre Jungs damit umgehen konnten. Ihre Jungs hingegen waren ihrem Dad gegenüber immer noch launisch, obwohl sie ständig auf sie einredete und ihnen keine Videospiele mehr erlaubte (was sie am liebsten machten). William war eigentlich derjenige, der etwas hätte unternehmen müssen, doch er wollte sie nicht bestrafen und sagte, dass sie ihn so schon nicht gerne besuchten, und er wollte es nicht noch schlimmer machen. Wenn ihre Jungs sich endlich beruhigten, hieße das, dass sie diese Scheidungssituation akzeptiert hatten.

Eine weitere wirkliche Sorge, wenn die Jungs erst einmal ins Spiel gebracht waren, wäre, ihnen Vinny tatsächlich als ihren festen Freund vorzustellen, und sie wusste, das würden sie ihrem Dad erzählen. Sie befürchtete, dass ihr Ex auf Rache aus sein und es ihr entweder mit den Jungs oder mit dem Geld schwierig machen würde. Es war eine Sache, wenn er datete, aber es hatte ihm nie so recht gefallen, wenn sie ihr eigenes Glück verfolgte. Idiot.

Und was würde Vinny von ihr erwarten, wenn sie einen Schritt weitergingen? Würde er wollen, dass sie bei ihm einzog? Sich zusätzlich zu ihren auch um seine Kinder kümmerte? Sie war sich nicht sicher, ob sie bereit war, die Mom von sechs Kindern zu sein.

Vinny lud sie immer wieder ein, etwas mit ihm und seinen Kindern zu unternehmen, was gut war, denn so wusste sie, dass er es ernst mit ihr meinte, doch auch schlecht, denn sie musste immer wieder ablehnen. Er hielt es locker, unaufgeregt. Wie als er sie einlud, mit ihnen einen Film zu sehen, oder gemeinsam zum großen Weihnachtsauftakt in die Stadt zu gehen. Und dann schließlich, kurz vor Silvester, gab es keinen Ausweg mehr. Nach vier Monaten Daten war es unausweichlich, dennoch war es überraschend für sie gekommen.

Am Abend zuvor war sie lange mit Vinny bei einem Date gewesen, hatte dem Babysitter noch etwas obendrauf gezahlt, damit sie sich mit ihm ins Haus schleichen konnte und sie noch etwas Zeit im Schlafzimmer verbringen konnten, nachdem der Babysitter gegangen war. Danach hatte sie sich herausgeschmuggelt, und die Kinder hatten nichts mitbekommen. Jetzt war es Sonntagmorgen, sie hatte ausgeschlafen und fühlte sich pudelwohl. Mit Vinny zu schlafen war für sie wirklich ein Stück vom Himmel. Sie hörte, wie die Jungs unten laut ihre eigene Version Monopoly spielten. Ihr Handy klingelte, und sie ging schnell ran.

„Guten Morgen", hörte sie Vinnys tiefe Stimme, die ein wenig arrogant klang, weil er sie letzte Nacht wirklich um den Verstand gebracht hatte. Sie hatte Geräusche gemacht wie noch nie zuvor in ihrem Leben, urtümlich tierische Laute, die er mit seinen Küssen überdeckt hatte. Es war so schwierig gewesen, sein warmes Bett zu verlassen, doch ihre Verantwortung als Mom vergaß sie nie.

„Guten Morgen", erwiderte sie fröhlich.

„Ich habe die gestrige Nacht wahnsinnig genossen."

„Ich auch."

„Natürlich geht es mir mit dir immer so, Liebes."

Sie lächelte das breiteste, albernste Lächeln auf dem Planeten. „Du bist so süß."

Er sprach ganz ernst. „Du weißt, mir liegt etwas an dir. Du bist mir wichtig."

„Ja", sagte sie plötzlich misstrauisch.

„Ich würde mich wirklich freuen, wenn du und deine Jungs zum Sonntagabendessen herkommen würdet. Ich möchte, dass meine Kinder die Frau kennenlernen, nach der ich verrückt bin, und ich möchte, dass deine Kinder mich kennenlernen. Auch meine Schwiegermutter würde dich gerne kennenlernen."

Sie zog gleich die Bremse. Vinny war für sie da, nicht für ihre Jungs. Außerdem war die Scheidung erst seit vier Monaten offiziell, und die Jungs waren noch nicht bereit. Sie sprach ganz vorsichtig, hoffte, dadurch ihre Ablehnung etwas zu mildern. „Ich habe für heute Abend schon etwas geplant. Ihr Lieblingsessen — Burger."

„Nein", sagte Vinny.

„Nein?", echote sie verwirrt.

„Warte mal." Sie hörte ein Rascheln, als hätte er das Handy abgedeckt. Er sprach leise mit irgendjemandem, und dann war er wieder da, und seine Stimme klang resigniert. „Allie, Loretta möchte gern mit dir sprechen."

Dann hörte sie die Stimme einer Frau am anderen Ende. „Hallo, Loretta hier, Vincents Schwiegermutter."

Die Stimme dieser Frau klang so autoritär, dass Allie sich in ihrem Bett kerzengerade aufsetzte. „Hi, ich heiße Allie."

„Allie, ich habe schon eine Menge von Ihnen gehört und weiß, dass Sie Vincent viel bedeuten, deswegen möchte ich Sie und Ihre Kinder hiermit gerne förmlich zu einem Sonntagabendessen bei mir zu Hause einladen."

„Das ist sehr nett von Ihnen, aber —"

„Lehnen Sie meine Bitte etwa ab?"

Allie fuhr sich mit einer Hand durchs Haar. „Ich habe Vinny gerade schon gesagt, dass —"

„Wissen Sie eigentlich, was ich verloren habe?", fragte Loretta leise.

Allie hielt inne, ihre Brust zog sich zusammen. Loretta hatte ihre Tochter und vor Kurzem ihren Mann verloren. Allie konnte sich den Schmerz, den die Frau durchgemacht hatte, nur vorstellen. „Ja, ich weiß."

„Dann wissen Sie auch, dass Vinny und die Jungs meine Welt sind. Jetzt sind auch Sie in dieser Welt, und ich würde Sie gerne kennenlernen. Ist es denn zu viel verlangt, dass Sie ein Mahl mit mir teilen?"

„Nein, natürlich nicht."

„Gut. Dann ist das abgemacht. Ich sehe Sie dann um Punkt siebzehn Uhr." Sie ratterte ihre Adresse herunter. „Warten Sie, ich hole Vinny."

Es folgte eine weitere leise Unterhaltung zwischen Loretta und Vinny, dann war Vinny wieder da. Er sprach mit leiser Stimme. „Allie, ich möchte nicht, dass du dich gedrängt fühlst. Sie hatte gesagt, dass sie dir nur Hallo sagen wollte. Wenn dir nicht danach ist, sag ich es ihr, okay?"

„Ich dachte schon, du hättest mich so vor den Bus geworfen."

„Das würde ich nie tun. Ehrlich. Kein Druck. Sie fragt nur ständig nach dir. Sie ist eine Macht, mit der man rechnen muss, aber sie meint es gut."

„Möchtest du, dass ich komme?"

„Sehr. Ich habe ein gutes Gefühl bei uns beiden."

Sie stieß einen zittrigen Atem aus und griff in die Tiefe nach dem, was sie wollte. Und was sie mehr als alles andere wollte, war Vinny. „Ich auch. Okay, wir werden kommen."

„Danke dir. Ich freue mich wirklich darauf."

Sie schluckte kräftig, war sich kein bisschen sicher, ob sie zu dem, was dieses Dinner bringen würde, bereit war. Es war so viel mehr als bloß ein Dinner, dieses Familientreffen, vor allem für ihre Jungs. „Ich muss jetzt auflegen. Bis später."

Sie verabschiedeten sich, und Allie beendete den Anruf mit zittrigen Händen. Jetzt musste sie ihren Jungs nicht nur erklären, dass sie einen neuen Mann in ihrem Leben getroffen hatte, sondern auch andere Kinder, mutterlose Kinder, die vielleicht auch ihre Liebe brauchten. Wären sie bereit, sie zu teilen? Konnten sie es akzeptieren, Mom wirklich mit einem Freund zu sehen? All die Komplikationen, vor denen sie sich gefürchtet hatte, schossen ihr durch den Kopf.

Ihre Jungs mussten sich an einen Mann in ihrem Leben gewöhnen, der nicht ihr Dad war.

Die Reaktion ihres Ex'.

Seine Schwiegermutter.

Vinnys Erwartungen.

Und all diese Kinder!

Sie wappnete sich. Eins nach dem anderen, jetzt musste sie mit den Jungs reden.

Später machte sie ihnen Burger zum Mittagessen, da sie ja heute Abend mit der Marino Familie essen würden. Sie freuten sich so sehr, dass sie fast ein schlechtes Gewissen hatte, ihnen die großen Neuigkeiten zu überbringen. Sie wartete, bis sie fast fertig waren mit dem Essen, dann sagte sie: „Jungs, ich habe Neuigkeiten."

Sie sahen alle neugierig zu ihr auf, kauten noch.

Sie atmete einmal tief ein und setzte ein Lächeln auf. „Ihr wisst, dass ich jetzt seit einer Weile Vinny date, und er hat uns für heute Abend zum Essen eingeladen."

Gabe hörte auf zu kauen. „Haben wir deshalb heute Burger zum Mittagessen?"

„Ja", sagte sie.

Luke und Jared machten sich wieder über ihre Burger her.

Sie sprach weiter. „Und das Schöne daran ist, dass er drei Söhne hat, die ungefähr so alt sind wie ihr. Also habt ihr jemandem, mit dem ihr spielen könnt."

Gabe runzelte die Stirn. „Mom, ich bin dreizehn. Ich spiele nicht mehr. Ich hänge rum."

„Klar, ihr könnt auch alle miteinander rumhängen", sagte sie und lächelte alle drei strahlend an. „Wie hört sich das an?"

Luke sprach um seinen großen Burger herum. „Willst du diesen Typen heiraten?" Das war das zweite Mal, dass Luke vom Heiraten sprach.

Es war ihr in den Sinn gekommen, doch die Vorstellung, so bald nach ihrer Scheidung zu heiraten, erschreckte sie. Was, wenn es nicht klappte? Sie meinte, keine weitere Scheidung ertragen zu können.

Sie atmete kräftig aus. „Ich weiß es nicht. Jedenfalls nicht in nächster Zeit." Sie räusperte sich. „Da sind wir noch nicht."

„War das ein Ja oder ein Nein?", fragte Gabe.

„Nein", sagte sie.

„Gut", sagte Luke, „weil, wir haben ja schon einen Dad." *Schon verstanden, Luke, ich habe nicht vor, einen Ersatz für deinen Dad zu suchen.*

„Ist eins seiner Kinder so alt wie ich?", fragte Jared.

„Ja", sagte sie, jetzt wieder auf sicherem Boden. Jared, obwohl er solch ein Draufgänger war, war auch der lockerste ihrer Söhne. „Sein Jüngster, Angel, ist auch sieben."

„Angel?", fragte Jared und rümpfte die Nase. „Das ist aber ein komischer Name."

„Das ist eine Abkürzung für Angelo", sagte sie.

Jared zuckte die Schulter und nahm einen großen Schluck Milch, wodurch er einen Milchbart bekam, den er mit seinem Ärmel wegwischte.

„Serviette", sagte sie automatisch.

Die Jungs aßen schweigend zu Ende. Jared sprang vom Tisch auf, doch sie packte ihn am Arm. „Warte. Hat noch irgendjemand Fragen wegen heute Abend?"

Gabe sah sie ernst an. „Müssen wir uns schick machen?"

„Nein."

„Yay!", jubelte Jared. „Ich hasse es, mich schick anzuziehen." Das war ein großer Pluspunkt, denn die Hälfte der Zeit war er mit Schmutz bedeckt.

„Was gibt es bei denen denn zum Abendessen?", fragte Luke.

„Das werden wir dann sehen", sagte sie.

„Können wir jetzt gehen?", fragte Gabe.

Sie ließ Jared los. „Ja."

Die Jungs rannten davon, und sie saß still am Küchentisch und wartete auf die nächste Hiobsbotschaft. Das war viel zu einfach gewesen.

~

Allie traf zehn Minuten zu früh an Lorettas Haus im Kolonialstil ein. Sie hatte die Jungs gehetzt, damit sie auch auf jeden Fall pünktlich kommen würden. Für die Kinder hatte sie zum Nachtisch Brownies gebacken und dann gebetet, dass ihre Kinder sich einigermaßen gut benehmen würden. Auf der Fahrt waren sie ungewöhnlich still gewesen, selbst Jared hatte nichts gesagt.

Sie versammelte ihre Jungs auf der Veranda um sich. „Und jetzt denkt bitte an eure guten Manieren. Sagt bitte und danke schön. Vinny nennt ihr Mr Marino und Loretta ... Mist. Ich weiß nicht, wie sie mit Nachnamen heißt. Warten wir mal ab, wie sie sich vorstellt."

„Wir wissen es", sagte Gabe genervt. Als wäre sie die nervtötendste Person des Planeten.

„Wir benehmen uns immer gut", sagte Luke. „Klingelst du jetzt?"

„Ja."

Jared drückte mehrmals drauf. Sie riss seine Hand fort. „Einmal reicht."

Eine ältere, italienische Frau öffnete die Tür. Sie trug eine Schürze und die Haare zu einem Knoten hochgesteckt. „Kommt rein, herzlich willkommen, ich bin Loretta Costa."

Allie schob die Jungs hinein und sagte: „Ganz herzlichen Dank für die Einladung, Mrs Costa." Als hätte die Frau ihr nicht damit, ihr nach alter Manier ein schlechtes Gewissen einzujagen, den Arm verdreht.

Allie sah zu Vinny und seinen drei Jungs hinüber, die in einer Reihe neben ihm standen. Vinny zwinkerte ihr zu und lächelte. Sie erwiderte das Lächeln, ihr Herz erwärmte sich für diesen wundervollen Mann, den sie so sehr liebte. Augenblicklich verzieh sie dem Schubser, der sie heute Abend hergeführt hatte. Ohne diesen Schubser hätte sie das Ganze noch ewig in die Länge gezogen. Ihre Liebe für Vinny hatte dieses Treffen unvermeidbar gemacht.

Sie wandte ihre Aufmerksamkeit wieder Mrs Costa zu, die

sie sehr genau musterte. Allie versuchte, sich nicht zu winden.

Sie reichte der Gastgeberin ihr Tablett mit Brownies. „Ich habe Nachtisch gemacht."

Mrs Costa nahm die Brownies entgegen. „Sie kochen?"

„Ja", sagte sie. „Ich bin keine Expertin für irgendwas, aber ich muss die Kinder ja satt kriegen. Für mich würden ein Salat und Cerealien reichen."

Mrs Costa hob eine Braue. „Vinny ist ein exzellenter Koch. Ich habe ihm alles beigebracht, was ich weiß."

„Das ist wundervoll", sagte sie. Sie sah zu Vinny hinüber und war ein wenig überrascht zu hören, dass er exzellent kochen konnte. Er zuckte bescheiden die Schultern. Sie hatte noch keine Erfahrung mit seinen Kochkünsten. Vinny führte sie immer aus. Vielleicht wollte er mal eine Abwechslung vom Alltagstrott.

„Natürlich", sagte Mrs Costa kühl. „Er musste Italienisch kochen lernen, damit seine Söhne das Essen bekommen, das sie sonst von ihrer Mutter bekommen hätten." Sie drehte sich um und ging Richtung Küche.

Vinny überwand die Distanz zwischen ihnen, beugte sich hinab, um ihr einen Kuss auf die Wange zu drücken, und flüsterte in ihr Ohr: „Wie geht es dir?"

„Gut." Sie trat einen Schritt zurück, war sich nicht sicher, wie ihre Jungs irgendwelche öffentlichen Liebesbekundungen finden würden.

Vinny drehte sich zu ihren Jungs um. „Hallo, ich bin Vinny."

„Ach ja", sagte Allie. „Vinny, das ist Gabe."

Vinny schüttelte ihm die Hand. „Schön, dich kennenzulernen."

Es ist auch schön, Sie kennenzulernen, Mr Marino", sagte Gabe mit unterwürfiger Stimme.

„Das ist Luke", sagte sie.

Luke schüttelte Vinnys Hand. „Hi."

„Ein ganz schön fester Händedruck", kommentierte Vinny. Er wandte sich an Jared. „An dich erinnere ich mich, Jared."

Jared strahlte. „Ich erinnere mich auch an Sie! Ich durfte Ihren Hammer benutzen."

„Was?", rief Allie. „Wann ist das denn passiert?"

Vinny lachte. „Du hast deine Mom nie gefragt, ob das in Ordnung ist, oder?"

Jared lief zu Angel und sagte etwas zu ihm.

„Das wusste ich nicht", sagte Allie.

Vinny zuckte die Schultern. „Er ist ins Atelier hochgekommen und sagte, für dich wäre das in Ordnung. Ich habe ihn nur auf einer Rigipsplatte rumhämmern lassen." Er drehte sich zu seinen Jungs um. „Kommt her. Sie beißt nicht."

Seine Jungs kamen näher — Vince sah ihr misstrauisch in die Augen, Nico sah neugierig aus, und Angel lächelte bereits. Vince war seinem Dad wie aus dem Gesicht geschnitten und mit seinen zwölf Jahren jetzt schon groß. Sein Gesicht sah aus, als hätte man ihm die genauen Züge seines Dads aufgestempelt — dunkle Augen mit dicken Wimpern, hohe Wangenknochen, starke Nase, starkes Kinn, volle Lippen. Nico war auch auffallend, er hatte sehr feine Gesichtszüge, eine weichere Version seines Dads, sein Verhalten eher reserviert. Angel war einfach anbetungswürdig mit seinem zerzausten dunklen Haar und einem Lächeln mit Grübchen.

Vinny stellte sie vor, legte ihnen die Hand auf den Kopf, während er das tat. „Vince, Nico, Angel, das ist Ms Reynolds."

„Schön, Sie kennenzulernen", murmelten Vince und Nico gleichzeitig. Ihr Dad hatte ihnen vermutlich Anweisungen gegeben.

„Hi!", sagte Angel. „Können Jared und ich zu uns nach Hause gehen? Er möchte mein Skateboard sehen."

„Nein", sagte Vinny. „Jetzt ist Familienzeit."

„Aber wir werden noch vor dem Abendessen zurück sein", sagte Angel. „Ich kenne den Weg, und ich werde auf die Uhr sehen."

„Geh und zeig Jared lieber die Modelleisenbahn im Keller", sagte Vinny.

„Okay", sagte Angel so locker wie Jared. „Komm, Jared."

Sie gingen.

Die älteren Jungs beäugten einander. Vinny scheuchte sie ins Wohnzimmer, wo Gabe und Vince sich auf entgegengesetzte Enden des Sofas setzten. Nico und Luke saßen auf dem Boden, und Vinny nahm den Sessel. Sie konnte sich entweder zwischen Vince und Gabe oder auf den Boden setzen. Sie nahm den Mittelplatz auf dem Sofa.

Vinny beugte sich, die Ellbogen auf den Knien, vor und fragte die Jungs, wie alt sie waren, vermutlich, damit seine Jungs es erfuhren. Er wusste bereits eine Menge über sie von ihr; sie sprachen oft über ihre Kinder. Luke und Nico waren gleich alt; Gabe war fast zwei Jahre älter als Vince. Vinny begann, über Sport zu sprechen, und Allie beobachtete ihre Jungs genau, um zu sehen, wie sie mit der Situation umgingen. Gabe war ein wenig gereizt, aber wenigstens versuchte er es. Luke gab nur einsilbige Antworten. Vince und Nico sprachen locker und begeistert von ihren Lieblingsmannschaften. Sie waren vermutlich genauso Schätze wie ihr Dad. Es kam Allie vor, als wären Stunden vergangen, in denen sie auf dem Rand ihres Sitzes gesessen hatte und sich nicht sicher war, ob sie eingreifen und Gabe sagen sollte, dass er sich entspannen und Luke mit seinen einsilbigen Antworten aufhören solle, als Loretta diese unangenehme Situation endlich beendete.

„Abendessen!", verkündete Loretta.

Vinny ging zur Kellertür und rief Jared und Angel zum Abendessen. Der Rest versammelte sich in einem Esszimmer, an einem Tisch, der mit gutem Porzellan und Stoffservietten eingedeckt war. Sie war sich nicht sicher, ob das ein typisches Sonntagabendessen war oder ob Loretta versucht hatte, eine besondere Gelegenheit draus zu machen. Den Mittelplatz nahmen zwei Auflaufformen mit Manicotti ein, dazu eine Schüssel Salat.

Loretta saß am Kopf des Tisches, Vinny nahm den Platz am anderen Ende ein. Allie setzte sich neben Vinny, und die Kinder verteilten sich.

„Das sieht alles so gut aus, Loretta", sagte Allie.

„Danke", sagte Loretta. „Möchten Sie etwas Wein?"

„Nein, danke. Ich muss ja noch fahren."

„Dann nur ein wenig", sagte Loretta und deutete auf die Weinflasche, die in der Nähe auf dem Buffet stand.

„Ich brauche nichts, danke."

Loretta warf Vinny über den Tisch einen Blick zu, den Allie nicht interpretieren konnte.

„Wo ist das Brot?", fragte Vince. Er war ein wachsender Junge — jetzt schon groß —, und Allie schätzte, dass er vermutlich viel aß.

„Ach, Mist", sagte Loretta. „Das hab ich vergessen." Sie wollte schon aufstehen, doch Vince hielt sie zurück.

„Ich werde gehen, Nonna, schließlich bin ich der Älteste." Er erhob sich.

„Eigentlich bin ich der Älteste", sagte Gabe. „Ich könnte es holen."

„Du weißt ja nicht einmal, wo das Zeug ist", rief Vince.

Allie verkrampfte sich. „Lass Vince es einfach holen, Gabe."

Gabe stand trotzdem auf. „Es ist Brot. Ich denke, ich werde es schon finden." Er ging nie einem Streit aus dem Weg. Vielleicht würde er Anwalt werden wie sein Dad.

„Ich bin der älteste Marino", blaffte Vince. „Und um einiges größer als du."

Gabe schob seine Brust vor. „In drei Wochen werde ich vierzehn, ich bin fast zwei Jahre älter."

Sie starrten einander finster an, standen einander am Tisch gegenüber. Sie drehte sich zu Vinny um, der nur seine Hand hob, wie um zu sagen *Lass uns abwarten*. Alle Jungs sahen interessiert zu.

Vince zuckte mit dem Kinn. „Wann hast du Geburtstag?"

„Am dreißigsten Januar", erwiderte Gabe.

„Ha! Ich habe am dreizehnten August. Dann wohl eher anderthalb Jahre."

Gabe verzog das Gesicht. „Du kannst nur nicht rechnen. Das sind sechs und ein halber Monat plus ein Jahr."

„Uuh, eine große fette Hälfte. Zwei Wochen, und du fühlst dich wie ein großer Mann? Aber dir fehlt ein halber Meter, um mich einzuholen."

„Das stimmt nicht!", bellte Gabe.

„Komm doch", forderte Vince ihn heraus. „Rücken an Rücken." Er drehte sich zur Seite.

Alle Jungs drehten sich zu Gabe um, um zu sehen, ob er die Herausforderung mit dem Größenvergleich annehmen würde.

„Ihr setzt euch jetzt beide hin", befahl Vinny. „Ich werde das Brot holen."

Die Jungs setzten sich. Vinny ging in die Küche.

„Und ich werde den Punsch holen", sagte Vince, stand wieder auf und sah finster zu Gabe hinab. „Den hat Dad extra für heute Abend gekauft."

„Du willst dir bloß als Erster nehmen", sagte Nico.

„Halt die Klappe, Nico", sagte Vince und verpasste Nicos Kopf einen Schubs von der Seite. „Ich werde es ganz gerecht verteilen, in sechs Portionen." Er hielt inne und wandte sich an seine Großmutter. „Möchtest du welchen?"

Loretta winkte ab, und Vince wandte sich an Allie. „Ms Reynolds?"

„Nein, danke", sagte Allie.

Vince nahm nur sein Glas und ging.

Sie wandte sich an Gabe und bat ihn, mal einen Gang zurückzuschalten. „Er hat doch angefangen", murmelte Gabe.

Vince kam mit einem gefüllten Glas zurück und setzte sich.

„Bring den Punsch doch her, damit man sich nehmen kann", sagte Loretta.

Vince nickte einmal und ging. Nico sah über seine Schulter dorthin, wo Vince gerade gewesen war und grinste dann, bevor er sich einen Schluck von Vince' Punsch nahm. Dann setzte er sich wieder und zischte den Jungs zu, sie sollten ruhig sein.

Als Vince zurückkam, kicherten alle Jungen.

„Was?", bellte Vince.

Angel plapperte gleich. „Nico hat von deinem Punsch getrunken."

Vince sah Nico finster an, der es gleich leugnete. Jetzt lachten alle Jungs, und nicht gerade leise.

Vince sah sie alle böse an. „Keinen Respekt."

Allie verkniff sich ein Lächeln. Dieser Vince war wirklich eine Kanone. Sie mochte ihn sehr.

~

Nachdem Vinny Allie und die Kinder zu ihrem Wagen begleitet und ihnen allen für ihr Kommen gedankt hatte, ging er zurück in Lorettas Küche, um sich das Urteil abzuholen. Sie spülte gerade.

„Ich mache das, Loretta", sagte er. „Du ruhst dich jetzt aus. Du hast schon gekocht."

Sie nahm ihr Rotweinglas von der Arbeitsfläche, und zu seiner Überraschung setzte sie sich damit tatsächlich an den quadratischen Küchentisch. Normalerweise würde sie darauf bestehen, die Arbeit zu machen oder zumindest zu helfen.

„Alles gut?", fragte er.

„Komm, setz dich."

Das war der Moment, auf den er gewartet hatte. Mochte sie Allie? Und warum war ihm das so wichtig? Er vermutete, dass es seine Art zu hoffen war, dass es auch für Maria okay war. Er zog einen Stuhl vor. „Ich finde, das lief ganz gut."

Sie nahm einen Schluck Wein, sagte nichts.

Er wartete, war höllisch angespannt.

Endlich stellte sie ihr Glas ab. „Vinny, behalte das sonntägliche Familienessen bei, auch wenn die Jungs alle erwachsen sind und eigene Familien haben. So bleiben sie einander nahe, das gibt ihnen die Kontinuität, die sie brauchen."

Er lächelte und schüttelte den Kopf. Das war noch so fern. Sie waren Kinder!

Sie wurde ernst und starrte ihn an. „Versprich es mir, sonst werde ich dich aus dem Grab heraus verfolgen."

Alarmiert beugte er sich vor. „Komm schon, sprich nicht so. Fühlst du dich gut?"

„Maria hätte dasselbe getan", sagte sie mit erstickter Stimme. „Sie wusste, wie wichtig das Sonntagsfamilienessen ist."

„Okay, ich verspreche es. Ich werde die Tradition beibehalten."

„Ich werde nach Maryland ziehen."

Es fühlte sich an, als hätte er einen Schlag in den Magen bekommen. Einen Moment lang konnte er nicht atmen. Loretta war durch all das ein Fels in der Brandung für ihn und die Kinder gewesen. Allie musste der Grund sein. Loretta wollte nicht, dass er eine andere Frau hatte. Was sollte er jetzt tun? Sich zwischen der Großmutter der Kinder und der Frau, die er liebte, entscheiden?

„Loretta, wir möchten aber, dass du immer noch an allem teilhast."

„Ihr braucht mich nicht."

„Die Kinder schon."

Sie schüttelte den Kopf. „Nicht wie früher."

Er konnte sich nicht zwischen den beiden Menschen, die ihm so wichtig waren, entscheiden. Das war nicht fair.

Er verkrampfte seinen Kiefer. „Ist es wegen Allie?"

Sie tätschelte seine Wange. „Du bist ein guter Mann. Und jetzt, da ich Allie kennengelernt habe, bin ich zufrieden. Ich gebe euch meinen Segen."

Ihm fiel die Kinnlade herunter.

Sie lachte. „Warum so überrascht?"

„Weil du gehst."

„Das mache ich für Rob. Er ist zum ersten Mal Vater geworden. Ein kleines Mädchen." Das war Marias jüngerer Bruder.

„Der kleine Robbie?"

„So klein auch nicht mehr. Er ist jetzt seit fünf Jahren verheiratet. Er und seine Frau arbeiten beide Vollzeit und haben mich gebeten, zu ihnen zu ziehen. Ich werde euch immer noch besuchen, aber ich habe jetzt gesehen, dass du bei Allie in guten Händen bist."

„Loretta, ich weiß nicht, was ich sagen soll. Das kommt so plötzlich. Bist du dir sicher?"

Sie seufzte. „Ich bin bereit für einen Neuanfang. Das alte Haus hier hat so viele Erinnerungen, Geister eines Lebens, das längst vorüber ist."

Das verstand er. Das war das Haus, in dem Maria aufgewachsen war. „Ich verstehe." Er fühlte sich gleich leichter. „Dein Segen bedeutet mir viel, Loretta."

„Sie ist eine gute Frau. Hast du gesehen, wie sie aus Verantwortungsbewusstsein für ihre Kinder auf den Wein verzichtet hat?"

„Du hast sie gedrängt, um sie zu testen."

„Vielleicht. Ich merke ihr an, dass sie eine gute Mom ist, eine gute Frau." Sie schenkte ihm ein verwässertes Lächeln. „Vielleicht werden meine Enkel eine Mom haben, die auf sie aufpasst."

Sein Blut dröhnte durch seine Venen, all seine Nervenenden standen unter Strom und waren lebendig, allein bei dem Gedanken, Allie könnte Teil seiner Familie werden. „Sie ist eine großartige Frau."

„Ich sehe eine lange und glückliche Zukunft für dich und Allie."

Freude durchfuhr ihn, alles in ihm war bereit für Allie, bereit, sie zu lieben, sie zu sich zu nehmen und sie dort zu halten. „Danke, Loretta, für alles, was du für mich und die Jungs getan hast. Ich hätte nicht —"

„Wir sind eine Familie", sagte sie mit einer Endgültigkeit. „Du musst dich nicht bedanken."

„Trotzdem danke. Wenn du irgendwann irgendetwas brauchst, dann ruf einfach an ..." Er konnte nicht weiterreden.

Sie nahm seine Hand, küsste sie und hielt sie an ihre weiche Wange. Er senkte seinen Kopf und schloss seine stechenden Augen.

Vince' Stimme erschreckte ihn. „Hey, Dad, können wir noch etwas bleiben? Angel und Jared haben die Modelleisenbahn verstellt, und Nico und ich wollen das wieder richtig machen."

„Ihr Jungs könnt bleiben, solange ihr wollt", sagte Loretta.

„Sicher", sagte Vinny ihm. Ihre Tage im Haus ihrer Nonna waren gezählt.

„Danke, Nonna!" „Danke, Dad!" Vince drehte sich um und brüllte: „Dad hat's erlaubt! Angel, pass auf und fass nichts an!"

Als sie wieder allein waren, fragte Vinny: „Wann wirst du umziehen?"

„In zwei Wochen. Ich werde es den Jungs erzählen, wenn sie mit der Eisenbahn fertig sind. Ich komme dann im Frühling mit Rob zurück, um das Haus zum Verkauf anzubieten. Und natürlich erwarte ich, dass du mit den Jungs zu Besuch kommst. So weit ist die Fahrt nicht."

„Das werden wir. Absolut." Er hielt inne, dachte an die große Veränderung, die den Jungs bevorstand. „Sie werden traurig sein."

„Vielleicht, kurze Zeit, aber ich werde anrufen. Und du behältst das Sonntagabendessen bei. Vielleicht wird ja auch Allies Familie bald Teil der Tradition sein."

„Ich liebe sie", sagte er.

„Ich weiß das."

Seine Kehle war so eng vor Emotionen, dass er nicht sprechen konnte. Stattdessen stand er auf, beugte sich hinab und küsste sie dankbar auf die Wange. Sie lächelte.

„Ich muss Allie sehen", sagte er. „Ich hoffe, ich komme mit guten Nachrichten zurück."

Loretta klopfte auf den Küchentisch. „Ich werde genau hier warten, um es zu hören."

Vinny lief zur Tür hinaus, seine Kinder waren noch im Keller beschäftigt, und stieg in den Wagen. Er setzte aus der Einfahrt und zwang sich, sich an die Geschwindigkeitsbegrenzung zu halten trotz seines dringenden Bedürfnisses, zu Allie zu kommen, um ihr gleich alles zu erzählen. Das war's. Er wusste, das zwischen ihnen war richtig, und da ihre Kinder so gut miteinander klarkamen, wie Jungs das bei einem ersten Treffen können, war er sich sicher, dass von jetzt an alles glatt gehen würde.

Er kam an ihrem Haus an, bog in ihre Einfahrt und marschierte den Weg entlang, seine Nerven zum Zerreißen angespannt. Er betrat die vordere Veranda, stieß seinen Atem aus und klingelte.

Sie öffnete einen Moment später, sah unfassbar schön aus, ihre blauen Augen waren ganz groß, ihre Wangen gerötet. „Vinny! Was tust du denn hier? Ist alles gut?"

„Alles ist großartig. Der heutige Abend hat mir alles gesagt, was ich wissen muss. Allie, ich liebe dich. Ich hätte nie gedacht, dass ich wieder würde lieben können, und ich kann es nicht fassen, was für ein Glück ich habe, dass ich dich kennengelernt habe."

Sie schenkte ihm ein weiches Lächeln, ihr Blick wirkte ganz zärtlich. „Ich liebe dich auch."

„Ich habe noch keinen Ring, aber ich werde einen kaufen." Er ging auf ein Knie hinunter. Ihr fiel die Kinnlade herunter. „Allie, willst du mich heiraten?"

Sie starrte ihn an.

„Allie?"

„Vinny, steh bitte auf."

Mist. Er erhob sich. „Du gibst mir einen Korb?"

Sie starrte zu Boden. „Ich muss darüber nachdenken." Sie hob ihren Kopf, ihre Augen brannten. „Ich bin erst vor vier Monaten geschieden worden."

„Das heißt also nein."

„Ich bin nur ... das kommt so unerwartet. Ich muss darüber nachdenken. Okay?"

Sein Magen zog sich zusammen. „Ich werde jetzt gehen."

Sie streckte die Hand aus und packte seinen Arm. „Danke für dein Verständnis."

Er grunzte, alle netten Worte waren ihm ausgegangen. „Gute Nacht, Allie."

Er drehte sich um und ging, seine Glieder waren schwer. Er hatte auf Touchdown gesetzt und war eine ganze Meile vorbeigesegelt.

10

Allie verbrachte die ganze Woche in einem emotionalen Durcheinander, schalt sich entweder dafür, dass sie der Liebe ihres Lebens eine Abfuhr erteilt hatte, und wusste dann wieder, dass es das Richtige war zu warten, da sie ihre Kinder schützen musste. Schließlich hatten ihre Jungs Vinny gerade erst kennengelernt und was dann? Jetzt sollte sie ihnen plötzlich verkünden, dass sie doch heiraten würden?

Und dann fing sie an, darüber nachzudenken, was das für sie persönlich hieß. Es konnte wundervoll sein, mit Vinny zusammenzuleben, doch hatten sie das, was nötig war, damit es etwas Dauerhaftes werden konnte? Sie wusste es nicht. Sie dateten erst seit vier Monaten. Und war sie bereit, für sechs Jungen die Mom zu sein? Heiliger Bimbam! Das Chaos, der Lärm, der Schmutz, die anstrengenden Teenagerjahre. Sie erschauderte bei dem Gedanken.

Freitagmorgen hatte sie immer noch keine tragfähigen Antworten und fühlte sich unglaublich schuldig, weil sie Vinny so im Ungewissen ließ. Sie sollte einfach definitiv ja oder nein sagen. Sie stieg die Stufen zu ihrem Atelier hinauf, öffnete die Tür und blieb abrupt stehen. Ein an sie adressierter Briefumschlag in Vinnys großer, selbstbewusster Handschrift lag zu ihren Füßen. Sie nahm ihn sich mit rasendem Herzen, war halb besorgt, er könnte in diesem Brief mit ihr Schluss machen. Sie riss ihn auf und zog mit zitternden Händen den gefalteten Brief heraus.

Allie,

dieses Atelier erinnert mich immer an den Anfang, als wir noch nur Freunde waren, doch sieh dir an, wie weit wir gekommen sind. Nicht nur als Paar, sondern auch allein. Du bist eine erfolgreiche Künstlerin, und ich bin endlich ein selbstsicherer Dad, was ich nie gedacht hätte. Vielleicht ändert sich das morgen. Ha! Doch im Moment sind wir beide in einer guten Position, und ich fände es toll, wenn wir gemeinsam in dieser guten Position wären. Es ist nun drei Jahre her. Die Kinder können damit umgehen.

Ich weiß, es ist unser Schicksal, zusammen zu sein. Ich verspreche, ich werde warten, bis das passiert.

In Liebe

Vinny

Tränen brannten in ihren Augen. Da quälte sie sich damit, eine Entscheidung zu treffen, und er machte es ihr so einfach mit seinem Versprechen, auf sie zu warten. Er war ein Ehrenmann, und sie wusste, sie konnte darauf zählen, dass er dieses Versprechen hielt. Er würde sie trotz ihrer Unentschlossenheit nicht im Stich lassen. Sie atmete einmal tief ein, als wäre es das erste Mal seit einer Woche, und all die Anspannung löste sich. Der Druck war fort. Vielleicht konnten sie jetzt wieder daten wie zuvor und langsam die Kinder bei mehr Gelegenheiten mitnehmen. Sie hatte die ganze Woche nicht mit Vinny gesprochen und kannte die Antwort immer noch nicht. Und er hatte ihr Raum zum Nachdenken gegeben.

Kannten sie einander wirklich schon seit drei Jahren? Sie dachte zurück, es kam ihr so nah vor. Fast drei Jahre seit dem Tag, an dem sie sich unter ganz anderen Umständen kennengelernt hatten. Drei Jahre Freundschaft, während sie nicht wussten, ob sie jemals den rechten Zeitpunkt fänden, ganz zusammen zu sein. Sie hatten die Verbindung gehalten, brauchten das, was ihnen der andere bot — ein Licht in der Finsternis.

Wie sie es sich erhofft hatte, wurde alles wieder normal mit Vinny. Sie sprachen nicht über seinen Antrag, er drängte sie nicht, und sie sprach es auch nicht an. Sie dateten. Auf ihren Wunsch hin hatten sie ihr übliches Samstagabenddate und unternahmen an den Wochenenden, an denen sie die Kinder hatte, tolle Dinge. Allie beobachtete ihre Jungs genau darauf, ob sie irgendwie unglücklich wirkten, sich aufführten, doch sie schienen zu akzeptieren, dass sie an manchen Wochenenden ihren Dad sahen und zu anderen Zeiten Momente mit Vinny und seinen Kindern verbrachten. Sie hatte keine Hiobsbotschaften mehr darüber bekommen, dass sie bei ihrem Dad wild durch die Stadt liefen. Vielleicht beruhigte sich alles, oder vielleicht war der Winter in New York City auch einfach nur so verdammt kalt, dass sie gar nicht aus dem Apartment ihres Dads abhauen und herumlaufen wollten. Ihr Ex war überraschend begeistert davon, dass sie einen festen Freund hatte. Offensichtlich gab es eine Klausel in ihrem Scheidungsabkommen, die besagte, dass, falls sie wieder heiratete, er die Alimente für sie nicht weiterzahlen musste. Er war ganz dafür, dass sie Vinny heiratete, je früher, desto besser, denn dann würde er nur noch für die Kinder zahlen müssen. *Himmel, danke für deine guten Wünsche, William!*

Was die Einstellung der sechs Jungen zueinander betraf, war es immens hilfreich, dass Angel und Jared die Jüngsten waren und die Lockersten. Die älteren Jungs konzentrierten sich auf sie, wenn es unangenehm wurde und sie nicht wussten, was sie miteinander anfangen sollten. Die älteren Jungs waren einfach gewohnt, auf ihre jüngeren Brüder aufzupassen. Die Jungs kamen mehr oder weniger miteinander klar, solange Vince sich nicht wieder davon angegriffen fühlte, dass Gabe der Älteste war. Vinnys Jungs waren ihr wirklich ans Herz gewachsen. Sie hatte gesehen, wie süß die beiden älteren, Vince und Nico, waren, direkt unter der Oberfläche, und Angels Niedlichkeit war in jedem strahlenden Lächeln, das er ihr schenkte, sichtbar.

Es war Sonntag, und alle waren bei ihr zu Hause, die Jungs waren im Wohnzimmer versammelt und spielten Videosiele. Es war laut, doch glücklich laut. Sie und Vinny waren in der Küche, wo er Lasagne vorbereitete und sie es genoss, ihm beim Kochen zuzusehen.

Er schob zwei Auflaufformen Lasagne in den Backofen, stellte die Uhr und drehte sich zu ihr um. „Ich habe darauf gewartet, dich allein für mich zu haben."

„Hast du das, ja? Da müssen wir aber schnell sein."

Er schmunzelte und ging zu seiner Jacke, die er an einen Haken an der Hintertür gehängt hatte, und kam mit einem Umschlag zurück. „Glücklichen Valentinstag, Liebes."

Ihr Herz zog sich zusammen. „Ich habe auch eine Karte für dich." Sie zog sie aus der Küchenschublade und reichte sie ihm, dann stellte sie sich auf die Zehenspitzen, um ihn zu küssen. „Glücklichen Valentinstag. Mit niemandem würde ich den Tag lieber verbringen."

„Wie lange dauert es noch, bis wir essen?", brüllte Vince von nebenan.

„Eine Stunde!", brüllte Vinny.

„Kann ich schon was Kleines vorab haben?", fragte Vince.

„Nein!", erwiderte Vinny.

Schweigen.

Vinny lächelte sie an, seine dunklen Augen funkelten amüsiert. „Wo waren wir mit unserem romantischen Valentinstag mit Kindern? Warum haben wir sie nochmal dabei?"

„Es ist gut für sie, wenn sie einander kennenlernen."

„Okay." Er zuckte mit dem Kinn. „Mach's auf."

Sie öffnete ihre Karte. Sie sah lustig aus, mit einem Cartoonhund vorne drauf. Als sie sie öffnete, lag darin ein Gutschein für eine Massage.

Er zeigte darauf. „Du brauchst vielleicht eine, nach all der Zeit, die du mit deinen Kindern und jetzt auch noch meinen verbringst." Er hob einen Mundwinkel. „Die Anspannung kann sich wirklich anhäufen. Jedenfalls, wenn es dir gefällt, kann ich es so einrichten, dass du jeden Monat gehst. Ich möchte nur, dass es dir gut geht, auch wenn ich weiß, dass es nicht einfach ist mit unseren Kindern."

Sie brach in Tränen aus.

„Oh, Mist, jetzt wein' doch nicht." Er zog sie an sich und drückte ihren Kopf an seine Brust. „Egal. Du musst ja nicht zur Massage gehen."

Das waren Freudentränen, doch sie konnte nicht aufhören, um es zu erklären. Vinny machte sich Sorgen um sie als Mom von sechs Jungen, und er wollte sich um sie kümmern. Er nahm dieselben Hürden wie sie und kam dabei nie ins Schwitzen. Ein umwerfender Mann. Er gab sich ganz der Sache hin, für seine Kinder ein Daddy zu sein, und von Anfang an hatte er ihre Kinder wie seine eigenen behandelt.

Er drückte sie fester. „Allie, hör bitte auf zu weinen. Ich fühle mich grässlich."

Sie hob den Kopf. „Ich bin glücklich."

Seine Augen wurden größer. „Das bist du?"

Sie wischte sich die Tränen von den Wangen und schniefte. „Freudentränen." Sie löste sich von ihm und ging auf ihre Knie hinunter.

Er starrte sie an. „Vielleicht sollten wir, ähm, irgendwohin gehen, wo wir mehr unter uns sind."

Sie lachte. „Das waren Freudentränen, denn mir ist gerade klar geworden, was für ein großartiger Ehemann du sein wirst. Ein großartiger Partner. Vinny, möchtest du mich heiraten?"

„Du fragst mich — ja!" Er packte sie, hob sie vom Boden und wirbelte sie herum, woraufhin sie lachen musste. Er stellte sie wieder auf die Beine und umfasste ihr Gesicht mit seinen Händen. „Das ist das beste Valentinstagsgeschenk, das ich je bekommen habe."

„Ich auch. Weißt du, warum ich so viel für dich empfinde?"

Sein Daumen streichelte ihre Wange. „Warum?"

„Du hast eine Seele. Ich habe noch nie einen Mann kennengelernt, der so offen und ausdrucksstark ist."

Er hielt inne. „Das war Maria. Sie hat mich geformt. Sie war diejenige, die offen und ausdrucksstark war, und ich habe versucht, wenigstens einigermaßen zu sein wie sie. Ich war noch ein Kind, als ich mich in sie verliebt habe, siebzehn, und das hat mich verändert. Sie hat mir das gegeben. Ich schätze, auf gewisse Weise hat sie mich dir gegeben, da du das so an mir magst."

„Ich liebe das an dir." Sie hielt inne, als sie an seine erste Liebe dachte. „Klingt so, als wäre Maria eine sehr besondere Frau gewesen."

Er presste seine Lippen fest aufeinander. „Das war sie. Angel hat viel von ihr."

„Angel ist ein fantastisches Kind." Ihre Kehle verengte sich. „Vinny, ich weiß, ich könnte niemals ihren Platz einnehmen. Ich würde das niemals bei dir oder deinen Jungs versuchen."

„Ich sehe das nicht so, dass ein Mensch einen anderen ersetzt. Es ist mehr, dass du und ich jetzt in einer anderen Situation sind. Der richtigen Situation für uns beide."

Sie umarmte ihn ganz fest, und er legte seine Arme um sie, umgab sie mit Wärme und Liebe. Er hatte darauf gewartet, dass sie bereit wäre, dass ihre Jungs bereit wären, und hieß sie mit offenen Armen willkommen.

Er hatte sein Versprechen gehalten.

EPILOG

Zwei Monate später ...

Allie musste unwillkürlich strahlend lächeln, während sie mit Vinny in ihrem Hochzeitstanzkurs Walzer tanzte. Es war erst ihre erste Stunde, doch er hatte den Walzerschritt schnell gelernt.

Er zog sie an sich und beugte sich vor, um ihr ins Ohr zu flüstern: „Sag mir noch einmal, warum die Jungs mit uns den Tanzunterricht besuchen."

Sie lächelte fröhlich. „Damit sie eine Verbindung aufbauen."

„Sie schneiden Fratzen."

Sie sah zu Vince hinüber, der mit einer Frau mit lockigen grauen Haaren in den Fünfzigern tanzte. Vince schielte. Gabe und Luke kicherten. Dann verzog Luke als Erwiderung sein Gesicht.

In ihrem Kurs waren drei andere Paare und eine Gruppe von fünf Frauen mittleren Alters aus einer Selbsthilfegruppe für Geschiedene. Allie fühlte sich etwas schlecht wegen der Zahlen hier. Die geschiedenen Frauen hatten sicherlich gehofft, hier alleinstehende Männer kennenzulernen, nur nicht Männer, die noch so jung waren. Bislang hatten die Jungs sich geweigert, miteinander zu tanzen.

Sie sah zu Vinny auf. „Sie sind in ihrem Missfallen gegenüber dem Walzer verbunden. Und sieh nur, wie gut Gabe es mit seiner Partnerin macht."

Gabe sah ein wenig steif aus, aber er machte definitiv die richtigen Walzerschritte mit seiner geschiedenen Partnerin, einer blonden Frau, die sich ständig umsah und vielleicht hoffte, dass auf magische Weise ein anderer Mann anstelle dieses Teenagers auftauchen würde.

„Ja, nun", sagte Vinny und sah ein wenig schuldbewusst drein.

„Was?"

Er senkte seine Stimme. „Ich habe Gabe Geld dafür gegeben, dass er den anderen Jungs ein gutes Vorbild ist."

„Was!"

„Sie haben eine Revolte geplant. Ich musste etwas unternehmen."

Allie verkniff sich ein Lächeln. Das war einfach falsch. Andererseits wusste Vinny, wie viel ihr das hier bedeutete, und er hatte den Weg dafür geebnet. „Was, wenn die anderen es herausfinden?"

Er hob eine Braue. „Es gibt nur Geld, wenn er seinen Mund hält. Außerdem ist er der Älteste. Er sollte als gutes Beispiel vorangehen." Er streckte Gabe den Daumen entgegen, und Gabe reagierte darauf mit einem leichten Kopfnicken.

Vinny sah mit zärtlichem Blick zu ihr hinab, seine Hand verließ ihre Taille, um an ihrem Rücken hinaufzufahren und ihre Haare zu streicheln. „Sie sind gute Kinder, aber du kannst Jungs nicht vorwerfen, dass sie nicht auf Gesellschaftstanz stehen. Und sechs Wochen Kurs ist eine Menge in ihrem Alter."

Sie lachte. „Ihre Frauen werden es mir eines Tages danken."

Er lächelte, und die Winkel seiner dunklen Augen bekamen Lachfältchen. „Vielleicht."

Luke überholte sie mit seiner Partnerin.

„Schöne Fußarbeit", kommentierte Vinny Luke. „Wie sehen wir aus?"

Luke betrachtete sie und Vinny, bevor er schließlich einfach cool sagte: „Okay."

Vinny neigte den Kopf. „Mit okay komme ich klar." Er bewegte sie ein Stück fort, wo sie etwas unter sich waren.

„Er wird schon noch warm werden", sagte Allie. „Gib ihm Zeit."

„Keine Eile", sagte Vinny.

„Er ist einfach nur stur", sagte Allie. „Das darfst du nicht persönlich nehmen."

Luke hatte vor sich hin geschmort, als sie ihre Verlobung bekannt gegeben hatten, und seine Bedenken für sich behalten bis kurz vorm letzten Sonntagabendessen, als er sie damit überraschte, dass er Vinny zur Rede stellte, der gerade Ravioli in der Küche vorbereitete. Allie hatte den Salat gemacht.

Luke mit seinen zehn Jahren hatte die Arme verschränkt und Vinny mit angriffslustigem Tonfall informiert: „Du bist nicht mein richtiger Dad, und das wirst du auch nie sein."

„Luke!", hatte sie gerufen, überrascht, dass er so mit Vinny sprach, der ganz unschuldig dabei war, das Abendessen zu kochen.

Vinny hatte sie mit einem Handzeichen zurückgehalten, aber Luke nicht aus den Augen gelassen. „Das weiß ich, aber weißt du was? Dass ich dein Stiefvater werde, ist ein Geschenk für mich. Und ich verspreche, dich wie einen meiner Söhne zu behandeln."

Luke hatte die Arme geöffnet und unsicher ausgesehen, als wollte er Vinny vielleicht glauben, doch er war sich noch nicht sicher.

„Magst du Baseball?", fragte Vinny.

Luke zuckte mit dem Kinn. „Ja."

„Sag den anderen, dass wir nach dem Essen eine Runde spielen. Gut, dass wir dich und deine Brüder haben. Jetzt können wir endlich ein richtiges Spiel spielen."

Luke schoss davon und rief: „Leute! Nach dem Essen spielen wir Ball!"

Das war ein Anfang. Er war sich sicher, dass Luke und Vinny sich bald miteinander anfreunden würden. Es war unmöglich, das nicht zu tun, da Vinny solch ein großartiger Dad war.

Sie quietschte, als Vinny seine neugelernten Tanzschritte nutzte und sie herumwirbelte und dann wieder zurück.

„Nun sieh sich mal einer deine Bewegungen an", neckte sie ihn.

Er sah über ihre Schulter. „Jared ist gerade abgehauen."

„Was!"

„Ich hole ihn."

Er ging und kam ein paar Augenblicke später wieder, eine große Hand an Jareds Nacken, und schob ihn wieder herein. Jared grinste und sagte: „Ich wollte mir nur was zu trinken holen!"

Jared verehrte Vinny, denn Vinny hatte ihm beigebracht, wie man mit Werkzeug arbeitete. Jared war handwerklich geschickt, etwas das sie ohne Vinny in ihrem Leben nie erfahren hätte.

Einen Augenblick später zog Jared Angel von der Tanzlehrerin weg, einer älteren Frau mit schwarz gefärbten Haaren und dem graziösen Körper einer Tänzerin, und fing an, mit ihm zu tanzen. Die Jungen standen mit den Händen auf den Schultern des anderen einen halben Meter voneinander entfernt und sprachen die ganze Zeit.

Vinny hob sie hoch und wirbelte sie herum, brachte sie zum Lachen. Dann stellte er sie wieder auf die Beine und machte mit dem langsamen Walzerschritt weiter. „Ich habe Jared gesagt entweder Angel oder Miss Beasley. Er hat sich für Angel entschieden."

„Siehst du? Sie freunden sich miteinander an."

Die Jungs — alle sechs — zogen Grimassen und kicherten den ganzen Kurs über, was für sie in Ordnung war, solange sie dabei etwas lernten.

Gemeinsam gingen sie nach dem Kurs nach draußen, und die Jungs waren endlich einmal still. Dann verkündete Vinny: „Ihr Jungs habt das großartig gemacht, lasst uns auf dem Rückweg noch ein Eis essen."

Die Jungen brachen in Jubel aus.

Vinny lächelte sie an und zwinkerte. Sie lächelte zurück.

Und dann das Beste — die ganze Fahrt zur Eisdiele über unterhielten die Jungs sich laut über ihren „lahmen" Tanzunterricht und wer die schlimmste Partnerin gehabt hatte. Selbst Gabe und Vince schlossen sich dem Gelächter an. Und genau das hatte sie gewollt.

Lasst die Freundschaft beginnen!

~

Heute ...

Es war Valentinstag, immer ein besonderer Tag für sie und Vinny, da das der Jahrestag ihrer Verlobung war. Sie waren beim Clover Park Valentinstagstanz, hatten sich schick gemacht und fühlten sich romantisch. Bei ihrer Ankunft hatten sie zu ihrer Überraschung festgestellt, dass auch ihre sechs Söhne mit deren Frauen und Kindern da waren. Vermutlich wollten sie ihre eigene Valentinstagstradition hier begründen. Jetzt hatten Vinny und sie die Tanzfläche für sich ganz allein, denn Angel hatte nur für sie einen besonderen Tanz bestellt. Er war so ein Schatz.

Vinny übernahm die Führung beim Walzer und bewegte sich überraschend graziös für einen Mann seiner Größe. Im Stillen gratulierte sie sich für ihre Idee, vor ihrer Hochzeit Tanzstunden zu besuchen. Es hatte sich unendlich ausgezahlt und ihr Jahre wundervollen Tanzens mit ihm beschert, bei besonderen Anlässen oder einfach nur, wenn sie die Lust dazu in der Küche überkam.

Sobald der Tanz endete, hörte die Band auf zu spielen, und sie und Vinny verließen die Tanzfläche. Angel lief zum Mikrofon, ein in schwarzes Leder gebundenes Buch in den Händen, und plötzlich wusste sie, was los war. Er ehrte sie als Paar, denn sie und Vinny waren auf Angels und Julias nicht so leichtem Weg zum Altar für sie da gewesen und auch für ihre anderen Kinder.

Angels Stimme erklang im überfüllten Raum. „Hört mal bitte alle zu, und danke, dass ihr mir einen Moment gebt, um ein sehr besonderes Paar zu ehren, das heute seinen Jahrestag feiert, Vinny und Allie Marino."

Alle klatschten. Allie wurde rot und tauschte mit Vinny einen Blick aus. Es war der Jahrestag ihrer Verlobung. Als Angel erwähnt hatte, dass er ein Erinnerungsalbum für sie machen wollte, hatte sie gedacht, das wäre für ihren Hochzeitstag im Juni.

„Der Jahrestag ihrer Verlobung", fügte Angel hinzu. „Wir wollten sie mit einem frühen Geschenk und einem Toast überraschen. Auf die beiden Menschen, die uns alle zusammengebracht haben." Er gestikulierte zu seinen Brüdern und deren Frauen. „Sechs Jungs in einem Haus, da kann man sich das Chaos vorstellen."

Ihre Söhne grinsten. Die Menge kicherte.

Vinny legte seine Hände um seinen Mund und brüllte: „Allie hat euch Jungs aber in Schach gehalten!"

Allie schlug verspielt seinen Arm. „Vinny!"

Angel lächelte. „Das hat sie. Immer mit offenem Herzen. Wir lieben dich alle sehr, Ma."

Tränen traten ihr in die Augen. Angel, der Jüngste, hatte sie am meisten gebraucht. Sie eilte zur Bühne und umarmte ihn. Vinny folgte einen Augenblick später und stellte sich neben sie.

Angel räusperte sich und fuhr fort. „Wenn wir eines gelernt haben, was es heißt, zwei Familien zusammenzubringen, dann —" Er bedeutete seinen Brüdern, sich ihm anzuschließen. Sie alle dröhnten gemeinsam: „Liebe wird nicht geteilt, sie vervielfältigt sich!"

Sie und Vinny lachten. Das war in den ersten Jahren ihr Mantra gewesen.

Vinny beugte sich zum Mikrofon vor. „Endlich haben sie es kapiert!" Er wedelte mit seinem Finger zu seinen Söhnen.

Sie strahlte, denn sie wusste, welche Rolle sie dabei gespielt hatte, in ihrer Familie für Harmonie zu sorgen. Ihre berühmte Bilderbuchserie, Die Huddle-Cuddles, in denen ihre Söhne als Igel und ihre Stiefsöhne als Stachelschweine auftraten, hatte ihnen in einer Abenteuerserie beigebracht, wie man mit Unterschieden klarkam.

Angel fuhr fort. „So kitschig und so wahr. Das haben unsere Eltern immer gesagt, wenn wir uns darum gestritten haben, wer die echte Mom oder den echten Dad hatte. Jetzt wissen wir, wie sehr sie beide uns lieben. Die beste Mom und der beste Dad, die wir uns nur hätten wünschen können." Er reichte ihr das Erinnerungsalbum und sprach abgewandt vom Mikrofon: „Das ist von uns allen. Es fängt erst bei eurer Hochzeit an, denn ab da hatten wir die meisten Fotos."

Im Cover gab es eine rechteckige Auslassung für ein Foto, und er hatte ihr Hochzeitsfoto mit ihnen allen drauf hineingelegt. Die Jungen standen alle in einer Reihe, so unterschiedlich in ihrem Aussehen, die italienischen Kinder mit ihren dunklen Haaren und Augen neben ihren blonden Kindern mit der hellen Haut. Alle lächelten, aber Angel und Jared strahlten, denn sie waren begeistert, einander zu haben. Das Foto bildete perfekt ab, wo ihre Familie damals stand, als sie erst anfingen, sich anzufreunden. Und sie hatten es geschafft.

„Wir lieben euch alle!", rief Allie und betrachtete sie. „Ich kann es nicht abwarten, mir das heute Abend in Ruhe anzusehen. Und jetzt los mit euch auf die Tanzfläche! Die Damen, bringt sie dazu, euch ihre Tanzkursschritte vorzuführen! Glaubt mir, ich habe jeden einzelnen dazu gebracht, einen Tanzkurs zu besuchen." *Gern geschehen, die Damen.*

Ihre Schwiegertöchter lachten und taten wie ihnen geheißen, führten ihre Männer auf die Tanzfläche. Angel verließ das Mikrofon und ging zu Julia. Die Band spielte weiter, dieses Mal ohne Sängerin, denn das war Gabes Frau, und sie sprang von der Bühne und stürzte sich in seine Arme.

Alle tanzten weiter.

Vinny nahm Allies Hand und führte sie zurück auf die Tanzfläche. Bei jedem Sohn mit Frau, an dem sie vorbeikamen, bedankten sie sich. Gabes liebevolles Lächeln bedeutete ihr eine Menge, denn der Brief, den er gelesen hatte, stammte von Vinny und darin stand: „Es sind nun drei Jahre. Die Kinder können damit umgehen." Der Brief trug kein Datum. Ohne zu wissen, welche Reise sie und Vinny da schon hinter sich hatten, konnte es sich wie eine skandalöse Affäre anhören. Sie und Vinny hatten sich entschieden, es nicht zu erklären, weil sie es erstens für sich behalten wollten und weil sie hofften, dass Gabe und all ihre Kinder sie gut genug kannten, um zu wissen, dass sie das Ehegelübde viel zu sehr ehrten, um sie jemals zu enttäuschen. Ihr glänzendes Vorbild einer liebevollen Ehe schien den richtigen Effekt zu haben. All ihre Söhne waren glücklich verheiratet.

Sie kamen zu Angel und Julia, die sich so viel Mühe gemacht hatten, um den heutigen Abend zu etwas Besonderem zu machen, und dankten ihnen überschwänglich.

Vinny zwinkerte Angel zu. „Vielleicht möchten eure Kinder eines Tages eure Geschichte hören."

„Da gibt es nicht viel zu erzählen", erwiderte Angel zwinkernd. „Wir haben uns kennengelernt, gedatet, geheiratet, Ende der Geschichte." Das waren Vinnys Worte gewesen. Angels und Julias Weg zu ihrer Ehe war verdreht und voller Komplikationen gewesen. Letzten Endes war es gut gegangen.

Allie lächelte und drückte Angels Arm, bevor Vinny sie fortzog.

Manches war einfach zu romantisch, um es mit der Welt zu teilen. Besonders mit den eigenen Kindern!

Liebe LeserInnen, ich hoffe, es hat Ihnen gefallen zu sehen, wie bei Vinny und Allie alles begann. Jetzt ist es Zeit für die Liebesgeschichte zwischen der verrückten Gran O'Hare und ihrem geliebten Patrick, als sie beide noch so jung waren (aber immerhin schon volljährig LOL). Verpassen Sie nicht *Raus aus der Tretmühle*!

Das brave Mädchen Maggie Murphy ist gefangen in einem konventionellen Leben, das sie sich nicht ausgesucht hat. Deswegen denkt sie, als sie den Bad Boy Patrick O'Hare kennenlernt, mit ihm vielleicht den Mann gefunden zu haben, der sie da rausholt. Indem er sie ruiniert.

Patrick O'Hare sitzt fest. Er hat die Tryouts verbockt, durch die er Profi-Footballspieler geworden wäre, und jetzt verbringt er den Sommer damit, in der fahrenden Zirkustruppe seines Onkels mitzuarbeiten und sich Gedanken darüber zu machen, wer er ohne den Football ist.

Knisternde Sommernächte führen bald zu einer Zukunft, die sich keiner von ihnen vorgestellt hätte. Doch können zwei so verschiedene Menschen ihrem Traum gemeinsam folgen?

Abonniere meinen Newsletter & verpasse keine meiner Neuerscheinungen: kyliegilmore.com/DEnewsletter

WEITERE BÜCHER VON KYLIE GILMORE

Die Happy End Buchclub Reihe << Die Campbell Familie und ein Liebesromanbuchclub prallen aufeinander!

Hollywood Inkognito (Buch 1)

Ärger im Anzug (Buch 2)

Gewagtes Spiel (Buch 3)

Förmliche Vereinbarung (Buch 4)

Wenn der Bad Boy keiner ist (Buch 5)

Ein Störenfried zum Verlieben (Buch 6)

Schicksalsbegegnungen (Buch 7)

Eine Romantische Chance (Buch 8)

Ein sündhafter Flirt (Buch 9)

Ein unbequemer Plan (Buch 10)

Eine Happy End Hochzeit (Buch 11)

Die Clover Park Reihe << Brüder, für die die Familie an erster Stelle steht!

Das Gegenteil von wild (Buch 1)

Daisy schafft alles (Buch 2)

In den Falschen verguckt (Buch 3)

Ein Weihnachtsmann zum Küssen (Buch 4)

Vermieter küsst man nicht (Buch 5)

Nicht mein Romeo (Buch 6)

Bring mich auf Touren (Buch 7)

Clover Park Braut (Buch 7.5)

Gewagte Verlobung (Buch 8)

Retter in der Not (Buch 9)

Eine verführerische Freundschaft (Buch 10)

Ein Geschenk zum Valentinstag (Buch 11)

Raus aus der Tretmühle (Buch 12)

Die Rourkes Reihe << Prinzen, bei denen man ins Schwärmen gerät, und ebenso fantastische Prinzessinnen

Königlicher Fang (Buch 1)

Königlicher Hottie (Buch 2)

Königlicher Darling (Buch 3)

Königlicher Charmeur (Buch 4)

Königlicher Playboy (Buch 5)

Königlicher Spieler (Buch 6)

Abtrünniger Prinz (Buch 7)

Abtrünniger Gentleman (Buch 8)

Abtrünniger Schlitzohr (Buch 9)

Abtrünniger Engel (Buch 10)

Abtrünniger Fratz (Buch 11)

Abtrünniger Beschützer (Buch 12)

ÜBER DIE AUTORIN

Kylie Gilmore ist die USA Today Bestsellerautorin der Happy End Buchclub Reihe, der Clover Park Reihe, der Clover Park STUDS Reihe und der Rourke Reihe. Sie schreibt unterhaltsame Romanzen, die die LeserInnen zum Lachen und zum Weinen bringen und zu einem Glas Eiswasser greifen lassen.

Kylie lebt mit ihrer Familie, zwei Katzen und einem verrückten Hund in New York. Wenn sie nicht gerade schreibt, Kinder bändigt oder bei Autorenkonferenzen pflichtbewusst Notizen macht, findet man sie beim Stretching – bis ganz nach oben ins oberste Regal, um dort ihren geheimen Schokoladenvorrat zu erreichen.

Melden Sie sich für Kylies Newsletter an, damit Sie keine ihrer Neuerscheinungen verpassen. https://www.kyliegilmore.com/DEnewsletter

Mehr finden Sie auf Kylies Website https://www.kyliegilmore.com